爸爸你還有我

吳永樺◎著

作者序言

前一陣子國際經濟海嘯，很多做生意的人都頓時從雲頂摔到底層，簡直就是一夜之間豬羊變色。

《爸爸你還有我》這個故事裡頭的爸爸就是如此。

在寫這個故事的時候，正好社會新聞又發生了母親帶著小女孩燒炭自殺。

我跟同事們吃飯時，大家幾乎都在談論此事。

「這年頭小朋友可能要比以前的人多點警惕喔！」

「看到爸爸、媽媽有要輕生的訊息，要懂得求救啊！」

我們的同事當中，有人在生命線擔任電話義工多年。

據她所說，大部分想要自殺的人，只要在那個時間當口，有人跟他們說說話，把情緒轉移，就能夠減少一個悲劇發生。

當然，我們希望所有看到這個故事的讀者，特別是學生讀者們，都是過著幸福、快樂的生活。

不過，大家讀了《爸爸你還有我》之後，希望都能多留意周圍的人，如果他們有個什麼不對勁，你的一個鼓勵、一個笑容，一句提醒的話，可能會讓對方感到，他們不是一無所有，而願意再在這個世界上多試試。

這樣，《爸爸你還有我》的作者，就會覺得為這個世界做了一件美好的事情。

目次

作者序言 3
01 爸爸的離婚協議書 7
02 傷心香港 15
03 爸爸，你不是什麼都沒有！ 23
04 不要去管別人怎麼看你！ 31
05 到工地練肌肉 39
06 賣房子 47
07 兵變 55
08 每天工作十六個小時 63
09 媽媽，你要相信我！ 71
10 成敗乃在於一人 79
11 生命中的幽谷 87
12 郭明娟 95

13 明媚和男友 103
14 丈母娘看女婿 111
15 從中作梗 119
16 結婚 127
17 國棟的壓抑 135
18 金融海嘯 143
19 接踵而來 151
20 葉志良 159
21 寶貝女兒 167
22 沉重的債務 175
23 窗戶內的長笛 183
24 分進合擊 191
25 上海世博 199

01 爸爸的離婚協議書

鈺玲是一個小學四年級的女生，她跟爸爸來到了中正國際機場。

鈺玲不是第一次來機場，但是她從來沒有來得這麼匆忙過。

爸爸今天早上突然到學校找她，並且臨時跟老師請假，說家裡有事。

一接到鈺玲之後，父女兩個馬上直奔中正國際機場。

「爸爸，我們要去哪裡啊？」鈺玲一頭霧水的問爸爸。

「先去香港看看。」爸爸這樣答覆她。

「那媽媽呢？媽媽不跟我們去香港嗎？」鈺玲問道。

「不會，她還要在台灣處理一點事情。」爸爸這樣說。

鈺玲雖然年紀小，但是她「嗅」得到家裡的不對勁。

家裡這一陣子，感覺上經濟狀況非常不好，爸爸和媽媽一天到晚為了錢，都滿臉愁容。

「那我們什麼時候回台灣來啊？爸爸！」鈺玲問著。

「鈺玲，先不要問這個，爸爸很心煩！」爸爸這樣講著。

「好！」鈺玲真的是個很貼心的女孩，這也是爸爸到哪裡都帶著她的原因，爸

爸不想談，鈺玲就不多問。

到了機場，爸爸去航空公司那裡買了兩張經濟艙的機票。

爸爸順手把票給鈺玲，要鈺玲保管好。

「啊！是經濟艙啊？」鈺玲心想著，因為以前跟爸爸、媽媽出國，他們總是坐商務艙或是頭等艙，鈺玲沒有印象坐過經濟艙。

「爸爸一定是很不好了！」鈺玲這樣覺得，要不然，爸爸總是給鈺玲最好的，絕對不會讓鈺玲坐到經濟艙。

不過鈺玲什麼也沒有說，只是安安靜靜的跟在爸爸身邊。

爸爸在機場打了一通電話給媽媽。

「我留在客廳的信，妳看見了嗎？」爸爸問著媽媽。

由於爸爸的電話聲音開得相當大，所以鈺玲在旁邊也聽得清清楚楚的。

「你還留了一張離婚證書，這是什麼意思呢？」媽媽問著爸爸。

「我的狀況已經很糟了，我怕人家上門來跟妳要債，妳有這張離婚證書，趕快簽字辦好離婚，妳可以擺脫這些。」爸爸解釋著。

「唉……」媽媽在電話那頭嘆了好大的一口氣。

聽到爸爸媽媽竟然要離婚，鈺玲的胸口猛然一驚，但是她不想讓爸爸再多難過，也安安靜靜的在旁邊聽著而已。

「女兒在旁邊嗎？」媽媽在電話裡頭問道。

「是啊！」爸爸垂頭喪氣的說。

「讓鈺玲來聽電話吧！」媽媽說道。

爸爸把手機直接給了鈺玲。

「鈺玲！」媽媽喚了一聲鈺玲的名字。

「媽媽！」不知道為什麼，鈺玲一聽到媽媽的名字，沒來由的，她的眼睛就被淚水溼潤了。

「孩子，爸爸這趟帶妳出去，不知道什麼時候可以回台灣，妳自己在國外要保重啊！」媽媽這樣說道。

「媽媽……」想到不知道多久以後才能跟媽媽見面，鈺玲恨不得今天早上上學之前，多看媽媽幾眼。

「鈺玲啊！我的寶貝女兒啊！」媽媽在電話那頭哭了起來，而且愈哭愈傷心，完全沒有辦法講電話。

「鈺玲……」但是媽媽好像有事要交代女兒。

「媽媽！」鈺玲乖巧的答應著。

「爸爸和媽媽只有妳這個女兒，妳要好好照顧自己，還有，也要照顧爸爸，媽媽滿擔心他的狀況的！」媽媽這樣叮嚀著。

「我知道的，我會留心爸爸！媽媽請放心！」鈺玲說道。

「妳才小學四年級，就要面對這種家破人散的家庭，媽媽希望妳不要怪我們，我們也是沒有辦法了！」媽媽哭道。

「媽媽，不要難過，我很堅強，妳不用擔心我，我也會好好照顧爸爸的，妳忘了嗎？我是你們兩個的小天使嗎？妳不是常常這樣子說嗎？」鈺玲用堅強、樂觀的語氣跟媽媽說道。

「是啊！坦白說，妳是我生的，媽媽知道妳的個性，我比較不擔心妳，還比較擔心爸爸！」

「媽媽放最大的心，我一定照顧好爸爸的。」鈺玲跟媽媽保證著。

「那再見了啊！」媽媽說到「再見」兩個字時，早已泣不成聲。

「媽媽也要保重！」鈺玲把電話交給爸爸。

「我們夫妻一場，謝謝妳幾十年來的照顧，讓妳一個人在台灣面對這一切，是我這個先生沒有用！」爸爸對著電話那端的媽媽這樣說。

「夫妻同命，沒有必要這樣說。」媽媽說道。

「早知道有一天，我要簽離婚協議書給妳，當初，就不應該用盡一切手段，讓妳嫁給我，我以為妳跟著我，才能過最幸福的日子，這是我一直這樣子相信的，沒想到，命運真的是作弄人啊！」爸爸的眼眶也都紅了。

由於登機的時候到了，爸爸和媽媽也就要掛上電話。

「或許這輩子沒有機會再回來台灣了！」爸爸跟媽媽這樣子說。

「等到台灣的事情比較穩定後，或許我可以出國去找你們父女，聯絡的時候要小心啊！」媽媽講著。

「好啊！再見了！」爸爸這樣子說。

爸爸掛上電話後，帶著鈺玲準備登機。

鈺玲突然想起來，前一次，他們一家三口出國時，也是在登機的時候，爸爸還被隔壁準備登機的乘客給認了出來。

「吳國棟主席嗎？你是國際兄弟會的主席吳國棟先生嗎？」那名乘客問道。

「是啊！是啊！」爸爸笑著說道，還拿出一張名片給了這位乘客。

「真的是好榮幸啊！我真的非常仰慕你！」乘客對著爸爸這麼說。

乘客還翻起他的包包，找出一本雜誌，指著裡頭有一篇報導，上面還有一張爸爸和媽媽的合照。

「你看，我才在雜誌上看到您和尊夫人一起接受採訪呢！」這名乘客像是爸爸的粉絲一樣，熱情的說著這些。

「哪裡、哪裡，您太客氣了！」爸爸笑得很得意的說道。

「這位是令千金嗎？好可愛啊！」乘客和鈺玲打招呼。

「您是我的偶像，我希望也能像您一樣，有這麼好的事業、這麼美滿的家庭，還可以投入慈善工作！」這位乘客這樣說著。

「一定可以的，您一定行的！」爸爸還鼓勵著對方。

今天在準備登機時，鈺玲想到這一幕。

「那也才沒多久之前的事情啊！」

「世界怎麼會變化那麼快呢？」鈺玲自己想到都有點害怕。

02 傷心香港

到了香港，一出機場，爸爸馬上招了一輛計程車，帶著鈺玲直奔半山腰的一棟大豪宅。

鈺玲對於這棟豪宅印象相當深刻。

豪宅的主人郭千祿，是爸爸的拜把兄弟。

而且這裡的豪宅，都是背山面海的建築，上次來的時候，郭伯伯還帶著鈺玲全家出海，展示他新買的私人遊艇。

「千祿兄！」爸爸一看到郭伯伯，馬上迎上前去。

郭伯伯也給了爸爸一個很大的擁抱。

「來了就好，來了就好。」郭伯伯這樣說道。

郭伯伯帶著爸爸，先在玫瑰花園裡聊天。

「千祿兄，要來香港打擾你一陣子了！」爸爸跟郭伯伯說道。

「哪裡的事，你高興住多久、就住多久。」郭伯伯這樣說著。

「郭伯伯，我可以去玩盪鞦韆嗎？」鈺玲問道。

「當然囉！鈺玲就把這裡當成自己家，要玩什麼就玩什麼！」郭伯伯開心的說

著，也要一個女傭跟在鈺玲身邊看著。

鈺玲在玩的盪鞦韆其實就在玫瑰花園的一角，即使在玩，爸爸和郭伯伯說些什麼，也都聽得一清二楚的。

鈺玲過年常常來郭伯伯家玩。

她非常喜歡來這裡過年。

「呵呵，因為來這裡拜年的人，都會包很大的紅包給我，好賺喔！」鈺玲每次都跟哥哥這麼說，讓哥哥好生羨慕。

鈺玲有一個哥哥，和鈺玲年紀相差甚多。

鈺玲在讀小學，哥哥鈺鎮已經是個大學生了。

由於鈺鎮在紐西蘭唸書，沒有住在家裡，家裡的活動，爸爸媽媽也只會帶鈺玲前去。

正在盪鞦韆的鈺玲看到爸爸拿出一份資料，要郭伯伯過目。

「千祿兄，這是我打算在上海推出的豪宅企劃案，你過目一下。」爸爸跟郭伯伯解釋著這個案子。

「我要靠這個案子翻身，重新站起來。」爸爸豪情干雲的說道。

「國棟兄，你把事情想得太容易了！」郭伯伯稍微瞄了一下企劃案，這樣跟爸爸說著。

「千祿兄，只要你支持我，這個案子一定沒有問題的。」

「國棟啊！如果那麼好賺的話，我早就自己去做了，哪會等到你的案子過來呢？」

「千祿兄！你之前說過會支持我的啊！」

「是啊，我是說過，但是此一時彼一時啊！」郭伯伯面有難色的解釋著。

「怎麼說呢？」爸爸緊追著問郭伯伯。

「這一波的金融海嘯，你也領教到了。整個房地產非常的不景氣，香港的房地價也跌了下來。我一方面在金融海嘯中損失了許多，另一方面，也買了許多房地產囤著、養著，我手上的現金根本不多，實在是沒有辦法支持你做這個案子啊！」郭伯伯解釋著。

「千祿兄，是你自己親口答應我的啊！」爸爸緊追著郭伯伯的承諾。

「但是，真的是情況不同，你看看你自己，也是整個都沒了！我當然也要為我自己著想一下，不是嗎？」郭伯伯說道。

「我落魄了！你看不起我了，是嗎？」爸爸酸溜溜的說著。

「說話何必這麼苛呢？是每個人都有家小，都有自己肩上的擔子要挑，總是要衡量一下自己的狀況啊！」郭伯伯客氣的說道。

「千祿兄，我真的拜託你了！你如果放棄我的話，我真的連命都會沒了！你一定要幫幫我啊！」爸爸開始哀求了起來。

在旁邊邋鞦韆的鈺玲，從來沒有看過爸爸這樣子求人。

「你要我幫你，那誰來幫我呢？」郭伯伯也有點動氣了。

「你還有這麼棟大豪宅，我真的是什麼都沒有了啊！」

「你知道這棟豪宅的開銷有多大嗎？我也是撐得很辛苦，國棟兄啊！我們都是有歷練的人，要知道見好就收，不要為難別人，這個道理，你應該懂吧！」郭伯伯冷冷的說道。

「唉……」爸爸整個人埋在他的雙手裡。

「國棟，來這裡了，就放鬆一下，好好玩玩，明天你再出去想辦法吧！總會有辦法的啊！」郭伯伯這樣子說。

「這是什麼意思？」爸爸聽出來郭伯伯的話裡頭有話。

「明天我家有個很大的宴會，是我女兒在瑞典的指導教授來到亞洲，他們一行人全是諾貝爾獎的提名人，我要負責作東，整個家都要整理出來讓這些客人居住，我大概也只能留你一晚而已！」郭伯伯說著。

「這是下逐客令嗎？」爸爸不敢置信的問著。

「不要這樣子說嘛！吳兄！」

「人真的是落魄了，什麼情份都跟著沒了！」爸爸哭笑不得的說。

「好啊！那我帶我女兒先去休息一下，明天一早就走。我們兩個還是住以前的蝴蝶套房，是吧！」爸爸問著。

「嗯，請管家帶你們去吧！他會有所安排。」郭伯伯客氣的說著。

「鈺玲，別玩邋鞦韆了，我們先回房間梳洗一下吧！」爸爸呼喚著鈺玲。

「喔，好！郭伯伯，謝謝你的招待，待會見囉！」鈺玲甜美的跟郭伯伯說道。

於是管家領著鈺玲和爸爸，往豪宅的住家走去。

「嗯，你弄錯了吧！」爸爸跟管家說道。

「蝴蝶套房的位置不在這裡吧！」爸爸還好心的提醒著管家。

「對不起，吳先生，明天我們要來的貴賓很多，比較好的套房都還在準備、整理當中，沒辦法居住，就請您在這個房間住宿吧！」

管家跟爸爸解釋道，並且領著他們到了一個小房間前停下腳步。

「這是保母和保鑣住的房間吧？不是客房啊！」爸爸驚訝的問著管家，滿臉不可置信的樣子。

「不好意思，吳先生，我們現在只有這裡是空房間。」管家仍然非常客氣的說道。

「你們老爺，竟然這樣子對我啊！」

「我們以前是那麼的好，現在，他竟然這樣子對待我。」爸爸講到這裡，不斷的搖頭嘆息。

「不要這麼說，吳先生，我們一定還是服務周到的啊！」管家淡淡的說著。

「真是如人飲水，冷暖自知啊！」爸爸仍然不斷的搖頭。

「爸爸，放輕鬆點，我們先進去把行李放下，梳洗一下。」鈺玲勸著爸爸。

鈺玲也領著失魂落魄的爸爸進到了房間。

03 爸爸，你不是什麼都沒有！

進到房間內，鈺玲就看著爸爸不斷的在房間裡頭走來走去。

其實這個房間很小，爸爸一個大男人在那裡走來走去的，更顯得這個房間擁擠到不行。

「我不是已經告訴過你了嗎？你不幫我的話，我就沒命了啊！」爸爸自言自語的這麼說著。

「爸爸，你先去洗澡好了！」鈺玲跟爸爸說道，她想轉移爸爸的注意力，讓他不要一直想著郭伯伯不支持他東山再起的事情。

結果爸爸好像沒聽見一樣，繼續的在房間裡頭踱步。

「是誰說好人有好報呢？」

「我做了多少的好事，結果呢？」

「當我有困難的時候，又有誰來幫我呢？」

爸爸一直說著這幾句話，憤恨不平的說著。

連管家要爸爸和鈺玲前去吃飯，爸爸也只要鈺玲一個人去吃。

「我沒胃口，吃不下飯。」爸爸這樣說。

「那我裝些飯菜回來房間讓爸爸吃喔！爸爸你先休息好了！」鈺玲說道。

鈺玲就一個人跟管家下樓吃飯。

「好險，爸爸沒有來！」

鈺玲看到這樣的場景，心裡頭又是一驚。

因為管家安排她吃飯的這桌是傭人桌。

「如果讓爸爸看到了，他一定又更受不了！」鈺玲提心吊膽的說著。

「小姐，妳怎麼會在這裡吃飯呢？」一位以前在蝴蝶套房照顧過鈺玲的女傭，驚訝的看著鈺玲。

管家馬上給她一個臉色，要她閉嘴。

管家並且附耳跟這位女傭講了些話語，女傭的臉色暗沉了下來。

「我剛好餓了，這時候只有這裡有飯菜，就先下來吃了。」鈺玲不是為了面子，而是不想讓場面尷尬，也就這麼客氣的說道。

鈺玲坐在那裡，也是開開心心的吃了許多。

其實傭人們還是對她很好，幫她夾菜、顧著她。

「沒關係的，我都可以自己來，我長大了啊！我是大姊姊了，不是小娃娃囉！」鈺玲這樣說著。

「嗯嗯……」剛剛那位女傭，臉上有著難過的神情，眼睛裡流露著同情。

「莉莉阿姨！」鈺玲叫著那位女傭的名字。

「小姐！」女傭回答著鈺玲。

「妳不用同情我，我真的很好，沒有怎麼樣。」鈺玲說道。

「我第一次看到小姐，妳才這麼大……」女傭用手比了大概不到五十公分的長度。

「怎麼會這樣子呢？」女傭自己講得很傷心的樣子。

「莉莉阿姨啊！我知道妳一直很疼我，真的沒關係的，我長大了，要慢慢學習靠自己，不要靠別人啊！」鈺玲反過頭來安慰著女傭。

「妳還很小啊，還是小孩子啊！」莉莉不捨的說道。

「莉莉阿姨，別哭了啦！我還要裝飯菜給爸爸吃，先不跟妳聊囉！」鈺玲一直掛念著爸爸。

「我幫妳！讓我為妳服務，好嗎？小姐。」女傭非常認真的說道。

「莉莉阿姨，我不會忘記妳的，妳人好好喔！」鈺玲抱了抱女傭，女傭也緊緊的摟著鈺玲。

等到飯菜裝盒裝好後，女傭突然說道：「小姐，妳等我一下子，先不要走喔！一下下就好。」

女傭慌慌張張的跑回房間。

「這是我上次去求的平安手鍊，來，給妳帶在手上，讓妳平安、順利。」女傭這樣子說。

「謝謝莉莉阿姨。」鈺玲滿心感激的收下這個禮物。這個手鍊，其實是個紅線，上面掛著一個小珠子。

「妳的心好富有喔！」鈺玲這樣對女傭說。

帶著女傭的好心、好意，還有一個飯盒，鈺玲趕緊回到房間。

沒想到爸爸已經先睡了。

「也好，讓爸爸先休息一下。」鈺玲心想著。

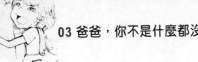

然後鈺玲坐在沙發上、閉目養神。

也不知道過了多久，鈺玲聽到一些聲響。

她其實很累，所以眼睛也沒有睜開，就微微瞇著看看。

她發現應該是爸爸拿了條薄棉被蓋在睡在沙發上的她。

而且爸爸認真的看著她，又小聲的說著：「寶貝，爸爸好愛妳喔！很想給妳最好的，對不起啊！」

她還來不及出聲，爸爸就往門外走去。

本來鈺玲是想說，爸爸可能想出去外面透透氣。

但是耳朵裡一直迴盪著媽媽的叮嚀，媽媽要他多注意著爸爸。

「還是跟著出去看看好了，謹慎一點好。」鈺玲心想道。

由於爸爸和鈺玲對於這棟豪宅的地理位置都相當熟悉。

看著爸爸往後門走去，鈺玲愈想愈不對。

「爸爸不太對喔！」鈺玲這樣覺得，因為沿著這個豪宅的後面走出去，就是一個懸崖，鈺玲有種不祥的預感。

爸爸還真的沿路往懸崖的方向走去。

鈺玲的心跳得很快、很快。

爸爸快步的走到懸崖邊，站在那裡。

鈺玲馬上跑上前、抱住爸爸的大腿哭喊著：「爸爸！不要這樣、不要這樣啦！」。

爸爸也哭著說：「鈺玲，放開爸爸，讓爸爸走，死了一了百了！」

「爸爸我真的活不下去了！」

「爸爸，不要……不要做傻事啦！」聽到爸爸這麼說，鈺玲抱著爸爸的大腿抱得更緊了。

「鈺玲，我最愛的女兒，爸爸很想給妳全世界，但是爸爸現在什麼都沒有了！」爸爸啜泣著。

「爸爸、爸爸，你不是什麼都沒有啊！」

「你還有我啊！」

「你還有我、你還有媽媽、還有哥哥！」

「讓我們全家一起努力，不要放棄啊！爸爸！」

鈺玲在懸崖邊這樣哭喊著。

空氣中回盪著鈺玲所說的話。

一句又一句的回音，充斥著整座山上。

04 不要去管別人怎麼看你！

「鈺玲，妳也看到了！妳看妳的郭伯伯是怎麼對我的！」爸爸講到這點，哭得更是傷心了。

「我跟你郭伯伯，之前情同手足，我垮了，就連我跟他的兄弟情也垮了！」這是爸爸最大的痛。

「你郭伯伯的反應，就是其他人看我的樣子，這個世界就是這麼現實，大家只想往好的人身上靠！」爸爸說道。

「爸爸，不要去管別人怎麼看你！」

「我就不是這樣看爸爸的！」

「我相信爸爸，爸爸一定可以再站起來的！」

鈺玲一句、一句的說著，認真的說著，現在每一句話都是個機會，是個把爸爸喚回來的機會。

「爸爸已經五十幾歲了啊！我前半生做的一切努力，現在都化為烏有，什麼都沒有了啊！」

「不僅僅是什麼都沒有了，還變成負的！」爸爸在懸崖邊哭喊著。

「不是這樣的、不是這樣的……」鈺玲一直想打破爸爸這樣局限的想法。

「爸爸已經不想繼續下去了！鈺玲，放開爸爸，也放過爸爸，讓爸爸輕鬆一點吧！」爸爸伸手想要拉開鈺玲的手。

「不要、不要……」鈺玲用盡所有的力氣，把爸爸抱得更緊。

「鈺玲，妳最乖了！妳捨得讓爸爸活在這個世界上，看到更多人的臉色嗎？」爸爸哭著求鈺玲鬆手。

「爸爸，不是這樣的，這個世界不僅僅是別人的臉色！」鈺玲跟爸爸苦苦的哀求著。

「你看看我手上這條手鍊，那是以前在蝴蝶套房照顧我的莉莉阿姨送我的，即使我們沒錢了，莉莉阿姨還是對我很好，這個世界跟你說得並不一樣！」鈺玲這樣解釋給爸爸聽。

「可是莉莉阿姨能幫我們什麼忙呢？」

「有能力幫忙的人都很現實，不願意幫忙我們啊！」爸爸難過的說道。

「不是這樣的，爸爸，我們活著，才會有機會碰到有能力、又願意幫助我們的

人啊！」

「而且，或許我們不用靠別人幫忙，我們自己家的人就可以站起來啊！」鈺玲不斷的絞盡腦汁，用她所有聽過最勵志的話語來鼓勵爸爸。

「哈哈哈……」爸爸突然在這個懸崖邊狂笑了起來。

這個笑聲加上山谷的回聲，感覺非常詭異。

「你以為家人很了不起嗎？」

「真的有問題的時候，家人是會不要你的！」

「我根本就懷疑妳媽媽到底愛不愛我？」

「你哥哥只要我的錢，把我當成提款機，妳說，我這樣活下去，還有什麼意思呢？」

爸爸在說這些話時，眼神裡充滿了憤怒與苦毒。

對於爸爸說的那些事情，鈺玲都略有耳聞。

「爸爸，你還有我啊！你還有我啊！我不要放棄你……」

「爸爸為我活下來吧！不要放棄我！」

「如果你真的跳下去了！我這輩子又要怎麼活下去呢？」

「我的爸爸都不願意為我活下來了！我又要怎麼告訴自己要繼續活下去呢？」

鈺玲一遍又一遍的告訴爸爸，他不是什麼都沒有，他還有鈺玲。

「孩子啊！我可憐的孩子啊！」爸爸聽到這裡，從原本的苦毒開始放聲大哭。

他有一刻腦筋突然空白，但是緊接著，他人生所有的過往，一幕又一幕、快速的浮現在他的腦海當中。

「我吳國棟的人生怎會這麼坎苛呢？」爸爸心裡這樣想著。

◆

幾十年前，在國棟剛考上大學之際，那個時候的台海狀況不太穩定，於是國棟的爸爸決定要移民美國。

「我們拿什麼去移民美國啊？」國棟的媽媽這樣問著。

「所以啊！要妳幫忙配合。」國棟的爸爸說道。

「怎麼個配合法？」媽媽問道。

「我現在的老闆是個女的，她在美國有間公司，她也擁有美國的居留權，她說會幫我的忙！」爸爸興奮的跟媽媽說著辦法。

「只要妳跟我離婚！」

「離婚！你發什麼瘋啊？」媽媽一聽到離婚兩個字，馬上歇斯底里了起來。

「妳稍安勿燥，聽我說完，好嗎？」爸爸勸著媽媽。

「妳先跟我離婚，我到美國再跟我的老闆假結婚，等我拿到身分後，就跟我的老闆離婚，馬上接妳和國棟過來美國。」爸爸說著他的如意算盤。

「有這麼好的事嗎？」媽媽不能置信的問道。

「妳就是每次都這樣，這麼不相信我，讓我白白損失了許多發達的機會。」爸爸埋怨了起來。

「而且，妳就算不願意，也要替妳兒子想一想，國棟大學畢業後，也想出國留學，如果我們拿到美國公民的話，國棟讀書花的就是美國當地人的學費，跟外地來的人的學費，相差大概就是一倍，一年要上萬美金，妳最好打打算盤，計算看看！」爸爸這樣說道。

「這樣大概需要多久的時間呢？」媽媽問著。

「我的老闆說，在國棟來美國讀研究所之前，應該就可以辦成了！」爸爸解釋道。

「嗯……」媽媽沉默不語、陷入長考。

「妳考慮考慮，快一點做決定，我的老闆現在答應我，不見得以後還會願意，畢竟她也沒有結過婚，第一次結婚，就要跟我假結婚，她也有點為難！」爸爸解釋著。

媽媽的心情很亂。

「我們兩個要辦離婚，親戚們會怎麼說呢？特別是我的爸爸、媽媽，他們年紀都這麼大了，我怎麼去跟他們兩個老人家說我們兩夫妻要離婚的事情呢？」媽媽愈說，愈是面有難色。

「那就不要說啊！我們兩個去辦離婚手續，也不要跟其他親戚說，別人就當我是出國工作，根本不需要跟旁人解釋！」爸爸說著他自以為的「完美計畫」。

「那國棟呢？」媽媽問著。

「也不用跟他說了！反正把美國身分辦好，接他過來讀書，他就什麼都明白

了！」爸爸這麼說。

「我再想想看吧！這畢竟是件大事。」媽媽是個非常傳統的婦女，爸爸說的這些，真的挑戰到她最大的極限。

05
到工地練肌肉

爸爸到美國工作後，每個月都會寄錢回來，而且是原本台灣薪水的兩倍。

「美金真的比較值錢喔！」親戚朋友無不羨慕媽媽。

「國棟啊！照這個情況下去，爸爸真的拿到身分後，我們到美國，你讀研究所，我們就有好日子可以過了！」媽媽也這樣跟國棟說著。

「是的，媽媽，那我要好好讀書，這樣成績比較好的話，就可以申請美國的長春藤名校，我一直很想去那樣的學校求學。」國棟也描繪著他美好的未來。

「爸爸是對的，我跟你爸爸離婚真的是對了！」媽媽一下子得意到說溜了嘴。

「離婚？什麼離婚？」國棟驚訝的問道。

「喔……沒什麼啦！」媽媽支支吾吾的。

「媽！妳要跟我說清楚，妳跟爸瞞了我什麼事啊？」國棟不放棄的追問著。

「小孩子別問那麼多，好好讀書就是了。」媽媽這樣說道。

「不行，媽媽，妳一定要跟我說清楚，現在這個家只有我一個男人，妳一定要跟我講明白到底發生了什麼事！」國棟堅持著。

因為國棟強硬的態度，媽媽就把整個經過一五一十的跟他說了一遍。

「媽媽啊！早知道是這樣，我就會要妳不要跟爸爸離婚，我情願不去美國讀研究所，也不要讓妳做這麼冒險的事情！」國棟有點埋怨著媽媽。

「不過，現在看起來，你爸爸發展得很不錯，我們應該對他有信心，他這把年紀了，還要到美國發展，也難為他了！」

「他所做的一切，都是為了讓我們母子倆過更好的生活，我們要體諒他、支持他才對！」媽媽這樣說道。

「希望是這樣……」國棟囁嚅著說。

就在國棟升上大二後，也是爸爸出國快一年之際，突然，爸爸就沒有再寄錢回來台灣了。

「你爸爸沒有寄錢回來，孩子，我們該怎麼辦呢？」媽媽焦急的問著爸爸。

「妳那裡有爸爸的聯絡電話嗎？」國棟問著媽媽。

「有啊！可是打到美國的國際電話很貴、很貴的啊！」媽媽捨不得的說著。

「那也是沒辦法，再貴都要聯絡上爸爸才行！」國棟說道。

於是國棟拿起媽媽給的號碼，先是打給接線生。

在接線生的轉接下，國棟打了爸爸給的電話，但是接聽的美國人，卻說沒有爸爸這個人。

而且對方還說，他們也是剛搬來，前面住的確是一對華人夫婦。

因為全程說的都是美語，國棟跟對方的談話，媽媽都聽不懂。

「國棟啊！怎麼說呢？快告訴媽媽！」媽媽焦急的問著。

「他們說沒有這個人，現在這個地方搬來的是美國人，並沒有華人。」國棟回答道。

從此之後，爸爸像是人間蒸發掉了一樣，再也沒有他的任何訊息。

家裡的存款是夠撐一段時間，但是還是要趕快想法賺錢，才不會坐吃山空。

更要命的是，為了讓爸爸出國，這棟以媽媽為名字的房子，還拿去抵押貸款，讓爸爸能夠帶一筆錢出去。

「媽媽，妳怎麼現在才跟我說呢？」國棟埋怨著媽媽。

「唉！我都是照你爸爸說的去做的啊！」媽媽也有無限感傷與怨懟。

而且親戚們從原本的羨慕，變成對國棟這家人敬而遠之。

「大姐，這個禮拜要不要來我們家坐坐！」媽媽打電話邀約大姨媽來聊聊，希望能讓自己心情好一點。

「喔，我有事耶，最近事情真的很多。」大姨媽這樣說道。

「大姐，妳是在躲我嗎？」媽媽忍不住問了大姨媽，因為大姨媽本來跟媽媽的感情最好了，每個星期都要來媽媽這裡好幾趟，自從知道國棟家的情況後，就再也沒來過了。

「唉！妳不要這樣為難我，妳姊夫不要我來的，怕你們會找我們家借錢，妳也知道我們家的孩子都還在要花錢的階段，我們自己也是省吃儉用的……」聽到大姨媽說到這裡，媽媽就把電話掛斷了。

「瞧不起我了喔！知道我先生跑掉了，就瞧不起我了喔！」媽媽憤恨不平的說道。

「媽媽，沒關係，妳不是沒有依靠，妳還有我，我是現在家裡唯一的男人，我會去賺錢養家的！」國棟要媽媽安心。

於是國棟星期一到星期五都接了家教，星期六、日沒課的時候，就到附近的工

地去做工。

「國棟，這樣你的身體吃得消嗎？媽媽好捨不得你這樣！」媽媽對國棟這樣說著。

「可以的啦！」國棟打著包票。

「平常當家教，一個晚上要趕到兩到三個家教，星期六、日還要去工地搬磚頭，這樣身體就算吃得消，功課能跟得上嗎？你的功課還是最重要的啊！」媽媽擔心的問著。

「媽媽真的不要擔心，我平常上課很認真，趁著不同課之間的空檔，我還是可以複習，晚上就好好去當家教賺錢，真的可以的！」國棟解釋著。

「你不會怨我嗎？」

「你的同學都在享受大學生活，談戀愛、聯誼，只有你這樣拚命的在賺錢，媽媽好捨不得你啊！」

「媽媽，他們去混是他們的事情，我要養媽媽，當然要認真賺錢，倒是妳，做手工不要太累到自己。」

「怎麼會累！就是拿些手工回到家做，補貼、補貼家用而已，有什麼可以累的啊？」

「我看妳都接近趴著在做那些手工，好像手和腰都不太舒服，背也有點馱了，真的行嗎？」國棟問著。

「沒啦！就是年紀大了、老了而已，跟做手工都沒關啦！媽媽比較擔心你去工地，挑那些重的，你是個讀書人，真的做得來嗎？」

「行的啦！我就當練肌肉而已啊！練肌肉又有錢賺，這樣不是很棒嗎？一舉兩得呢！」

國棟這麼說時，還用力舉起自己手上的肌肉，要媽媽摸摸看。

「真的結實了不少！」媽媽說著，邊說就邊哭了起來。

「媽媽，妳別這樣，我是很高興的在跟妳說我的肌肉練成了，以前也舉啞鈴練肌肉，都還沒這麼結實呢！我是真的很高興，妳也知道，男人都希望自己的身材很結實的啊！」國棟不停的勸說，希望媽媽開心點。

「是媽媽沒有用，你的堂兄弟姊妹、表兄弟姊妹，有哪一個讀大學時，需要這

麼辛苦呢？是媽媽害到你了！」媽媽說起爸爸的事，總是對國棟滿臉愧疚的模樣，非常不能原諒她自己。

「算了啦！不要再說爸爸的事了，我早就下定決心，要好好養媽媽，我不想再提到爸爸了！說了也解決不了我們現在的問題啊！」國棟淡淡的說道。

他跟媽媽不一樣，他連怨都不想怨爸爸。

「怨他還要花力氣，我現在的力氣都要放在賺錢上頭！」國棟這樣想著。

06 賣房子

即使媽媽和國棟非常努力，但是房屋抵押貸款的壓力還是非常大。

「我看，我們還是賣房子吧！」媽媽終於這樣說道。

「可是這棟房子，是外公當年給妳的嫁妝啊！」國棟問著。

「那也是沒辦法的事啊！貸款的壓力那麼大，我們把房子賣掉，還掉貸款，再去租一個小一點的房子，手頭上還會有點錢，你去當兵，也就不用擔心家裡的狀況，而且當完兵後，你想做些什麼事業，或許還會有點本錢！」媽媽想了很久，覺得賣掉房子才是最好的辦法。

「可是現在房市並不好啊！房子也不見得好賣！」國棟這樣說。

「就是貼貼條子，問問囉！」媽媽說道。

結果條子貼出去後，第一個上門來的，卻是媽媽的姊妹。

「三姐，怎麼會有空來我這裡啊？」因為姊妹們很少有人來，三姨的出現，讓媽媽好生意外。

「妹妹，我是聽說你們家這棟房子要賣，想說來跟妳討論、討論。」三姨一開口就說到房子的事情，也不拐彎抹角。

「是啊！我們真的沒辦法付這個貸款了，我不想讓國棟的壓力那麼大，賣掉房子我們真的會輕鬆很多！」媽媽解釋著。

「好啊！我一直很喜歡妳這棟房子，當年爸爸給妳的時候，我還滿嫉妒的。」三姨說道。

但是三姨開出來的價錢，比行情價要低上接近百萬。

「三姐，妳這個價錢太離譜了！」媽媽不高興的說道。

「我們自己人啊！當然要算我便宜一點啊！」三姨堅持著。

「太過分了！欺人太甚了！」

「妳明知道我正需要錢，不幫我的忙也就算了，還趁火打劫！」媽媽氣憤異常的說道。

「妹妹，話不能說得這麼難聽啊！這是生意，本來就有商量的空間啊！而且現在房市這麼差，妳也要想想這棟房子到底有沒有市場才對啊！」三姨也一副理直氣壯的模樣。

「我真的是對人性有另外一層的見識了！謝謝你們，讓我知道人性到底是怎麼

回事！」媽媽氣得說道。

「請回吧！我不賣給妳，我相信這棟房子還是可以賣個好價錢！」媽媽氣得請三姨回去。

「好啊！如果妳賣不出去的話，可以回過頭來找我，我是真的很喜歡這棟房子！」三姨臨要出門，還不忘記這麼說。

「真是夠了！」媽媽關上門，仍然忍不住說了這句話。

「是啊！」連在房間裡頭的國棟，聽到這些對話，也不禁感嘆世態炎涼。

「這個世界為什麼是這個樣子呢？」國棟自己問著自己。

「是啊！我也不明白！」媽媽苦笑著說。

「爸爸那邊的親戚把我們當成瘟神，我們這麼多的親戚，卻沒有人願意伸手幫我們一把，都只怕我們開口跟他們借錢，這個世界為什麼會這個樣子呢？」國棟問著媽媽。

「是啊！想當初妳三姨被人家倒會了，媽媽也是趕快把私房錢給拿了出來，讓她去解決那些債務，現在好了，她生活穩定了，我們落魄了！她卻一點感激之心都

沒有，只想趁機會占到便宜，這個世界真的是太恐怖了！太恐怖了！」媽媽一臉餘悸猶存的模樣。

還好，國棟和媽媽終究是用符合市價的方式，將房子給賣了出去。

為了省錢，他們租了一個頂樓加蓋的房子。

「媽媽，真的要租這樣的房子嗎？我同學說，是那種苦的人才會租這樣的房子啊！我們可以住得舒服一點，妳不要這樣一爬就是六樓，不是很累嗎？」國棟問著媽媽。

「我們現在本來就是辛苦的人啊！」媽媽苦笑著說。

「還好沒有賣給三姨，當場少了一百萬！」國棟慶幸的說道。

「這是我們要翻身的本啊！當然不能賠本賣！」媽媽說著。

就在要搬家的時候，國棟正好快要當兵去了。

其實國棟在大三、大四的時候，就有一位同班的女同學，跟國棟走得很近，兩個人也就自然而然成了一對班對。

媽媽並不知道這件事情，因為家裡的事情也夠多了，每天跟媽媽商量該怎麼

辦，都已經快要沒有時間了，也就沒跟媽媽提到女朋友的事情。

將媽媽安頓好到頂樓加蓋的房子後，國棟就當兵去了。

要進到部隊的前一天，女朋友怡家還信誓旦旦的跟國棟說第一星期日就要去看他。

「我已經跟班上兩位女同學講好了，到時候他們會一起陪著我去看你。我可是求他們求了很久，他們才答應的，你也知道我喜歡有人陪著我，不喜歡一個人坐車去。」怡家這麼說著。

「也不用特別來吧！反正我放假都會回台北，我們兩個再碰面就好了啊！」國棟說道。

「不行，人家一定要去看你，人家會想你啊！」怡家很會使性子。

「好啦，不要累到自己就好了。」國棟也就順著她。

結果國棟去當兵後，怡家也沒來看他，更奇怪的是，一封信也沒有。

放假的時候，國棟還跑到怡家的家裡，在他們住的大樓的樓下，並沒有看到怡家，反而是怡家的媽媽下來跟他聊了一陣子。

「伯母，怡家呢？我好久沒有聯絡上她了！」

「怡家最近都在學校忙著助理的工作，幫老師跑模式，非常、非常的忙啊！」怡家的媽媽說道。

其實怡家畢業後，就在學校擔任系上老師的研究助理。

「可是我回系上去，去他們那間實驗室，裡面的同學也都說她不在啊！」國棟這樣說著。

「那我就不知道了！可能是都在忙吧！」怡家的媽媽說道。

於是國棟這次的休假就沒有遇上怡家。

爾後幾次休假，國棟還是沒有跟怡家見著面。

後來，是怡家最好的兩位好朋友，也是國棟的同學，就是當初怡家說的那兩位、要陪她到軍營看國棟的好同學。他們兩個一起約他吃了個飯，跟國棟說了怡家的事情……

原來，怡家兵變了。

而且全部的人都知道，只有國棟一個人被蒙在鼓裡。

怡家的好朋友不敢說得很清楚，細節還是其他同班同學後來跟國棟說的。

怡家不僅僅是兵變……

還是國棟去當兵後的第三天就兵變了！

07

兵變

怡家仍然不斷的躲著國棟。

國棟對於怡家感到憤怒不已。

「這個女的跟我爸簡直是一個樣……」

「這年頭人都是這麼無情嗎？連再見都不說一聲，就這樣走了，做人可以這個樣子嗎？」

而且國棟聽同學們說，他去當兵的第一天，怡家還覺得她真的不能沒有國棟，沒有國棟她真的感到快要窒息了。

到了第二天，怡家就覺得沒有國棟，其實她也可以過得下去。

第三天，怡家就兵變了。

原來，有位當完兵回系上擔任助理的學長，一直黏著怡家。

這位學長的家，是桃園附近的土財主，平常來系上上班，都是開著賓士車。

雖然學長人長得不怎麼樣，但是有一台賓士在，很多人都會多注意他幾眼。

國棟去當兵的第三天，怡家就沒有避嫌的跟學長出雙入對了。

國棟的同學對此都瞠目結舌，也不知道該怎麼跟國棟說。

而且系上的職員，還一直跟他們這屆的同學們說，要多留意國棟、多關心關心他。

因為系上很多年前，就有學長受不了兵變，搞到住到精神病院去。

之前國棟的爸爸憑空消失後，國棟因為滿心忙著賺錢，還沒有這麼憤怒。

但是這一次怡家的兵變，由於國棟人在部隊裡，沒有其他可以分散他注意力的事情。

而且國棟的心裡，這兩件事等於是一起發作一樣，都是那種人性的無情，不說再見的離開。

「國棟，還好吧！」班上同學都非常擔心國棟受不受得了。

只要國棟回台北，他們一群男同學，不管是在當兵、或在準備出國留學，都會找機會陪國棟喝酒解悶。

但是自從知道怡家兵變以後，國棟一直都有失眠的問題。

只要一閉上眼睛，國棟就會看見怡家在當兵前，不斷的說著沒有國棟她活不下去的話語。

國棟就會在心裡大罵：「妳這個不要臉的女人，騙子！大騙子！」

然後怒不可抑的國棟，就整晚都睡不著覺。

失眠的國棟，白天還是要在部隊裡操練，終於身體也撐不下去了。

國棟感冒到肺炎發作。

還被部隊裡的長官送到了台北的軍醫院住院治療。

國棟不敢讓媽媽知道他住院的事情，怕她老人家擔心。

不過，同學們知道了消息，絡繹不絕的到醫院來探望他。

國棟還自嘲說：「還好，是來醫院，不是去精神病院！」

同學們哄堂大笑，但是國棟邊笑、心裡卻是在滴血。

從爸爸離開之後，他對於人性有太多的疑問與不滿。

「人性真的是很賤！」國棟的結論是這樣。

尤其怡家兵變的對象是個土氣的「阿舍」。

「有錢才是最大，其他都是假的！」

「沒有錢，連尊嚴都會沒有。」國棟冷冷的在心裡這樣想著。

國棟在出院後，因為還有幾天的假，他人在台北，就回去系館看了一下。

他在系館的陽台邊，偷偷看到怡家和那位學長一同出入的畫面。

怡家身上穿的、手上拿的包包，都跟以前不一樣了。

國棟對那些牌子並沒有研究，但是看得出來都是價值不菲的東西。

「有錢是很好啊！說什麼真心，全都是假的啊！」國棟很想衝上前去，要怡家說清楚這是怎麼回事。

「她能說什麼呢？」

「跑到她的面前，只有讓自己難堪而已啊！」

國棟冷笑著，看著怡家和學長坐上賓士後、揚長而去。

「謝謝妳……」國棟在心裡這樣想著，他覺得非常謝謝怡家，讓他更想賺大錢來證明自己的能力、為自己出一口氣。

從那次以後，國棟再也沒有回去系上過了。

他滿腦子就是想著，哪裡有錢要往哪裡鑽。

他在部隊裡，剛好認識一位同袍嚴慶章，他們家是做塑膠製造商。

慶章知道國棟被兵變的事情，他跟國棟說道：「國棟，退伍後來我家工作，我們塑膠廠需要業務人員，只要你肯做，我們家業績獎金都是很高的，賺夠了錢，你就看那個女人要不要回頭！」

聽到慶章說的分紅制度，國棟非常躍躍欲試，回家跟媽媽商量，媽媽是有點捨不得。

「你一個大學生，去做業務，好嗎？」媽媽問道。

「可是業務的薪水比較高，我想以後自己開公司，先去當業務學習，對於之後自己經營公司，會比較有幫助。」國棟這樣講道。

「孩子，不好意思，沒辦法讓你繼續求學了！我知道你最喜歡的是讀書。」媽媽難過的說道。

「沒關係的，媽媽，我現在對賺錢也很有興趣，我要賺多一點錢，買一棟好一點的房子，讓妳過舒服的日子。」國棟這樣講著。

「還好有你，要不然媽媽真的不知道該怎麼繼續活下去。」媽媽欣慰的說道，還拿出手帕來拭淚。

就這樣，國棟從部隊退伍了，馬上就到慶章家的塑膠工廠上班。

他們的塑膠工廠的業務人員不少，但是都是慶章家的親戚。

有好幾次，慶章的爸爸想要把人事精簡，但是只要動一動這樣的腦筋，馬上姑母、姨母……所有的親戚都來說情了，要慶章的爸爸不要把自己家的孩子給裁員裁掉了。

以致於慶章的爸爸也相當頭大，滿屋子的業務人員，但是年齡都滿大的，又很油條，出去跑業務都不知道跑到哪裡去摸魚，成效不彰也就算了，最後生意幾乎都是慶章的爸爸自己談成的。

國棟到了業務部，是裡面最年輕的小伙子。

剛進去，業務部的「老鳥」都把國棟當成泡茶、掃地的小學徒。

其實這些老業務，大概都只有國中畢業，高職畢業已經算是學歷高的，來了國棟這樣的大學生，他們都有點不能理解。

甚至會找國棟麻煩來個下馬威。

「沒關係，我本來就是來學習怎麼開一家公司的，我不要跟他們計較，我要學

到我想學到的，這才是最要緊的事情。」國棟心裡這樣想著。

於是國棟非常認真的端茶、倒水，早出晚歸的。

國棟的媽媽則是除了心疼、還是心疼。

08

每天工作十六個小時

在這樣的工作環境工作，國棟的心裡不是沒有辛酸。

國棟不只一次的告訴自己……

「現實一點啊！這就是人生。」

「這就是生活，世界本來就沒有公平可言。」

因為老業務不希望讓他有表現的機會，總是給國棟許多不是他分內的工作，像是整理資料，或是打掃、抹地。

「沒關係，我就照做，再拿其他的時間去拜訪客戶。」國棟心裡這樣告訴著自己。

於是他每天工作十六個小時，幾乎除了睡覺的時間以外，其他時間都花在工作上頭了。

但是上班第一個月下來，業務部所有的業績，國棟就做到一半以上。

也就是說，其他的「老鳥」業務，加起來的業績還沒有國棟一個人做的多。

董事長一看到數字，對於國棟簡直是驚為天人。

除了頒發業務獎金以外，馬上破格讓國棟當上業務部的經理。

「你倒是好啊！踩著我們的背往上爬，不過才來一個月，就從打掃的小弟變成經理，真是青蛙變王子啊！」老業務們議論紛紛，說起話來也十分的難聽，雖然說得非常小聲，但總是有意無意的讓國棟聽到。

國棟也真的是不以為意。

他真的非常清楚自己要的是什麼。

他覺得自己要拼的對象，也不是這些老業務。

「他們只知道抱怨，他們的人生都抱怨掉了，我要的不只是這些，我才懶得跟他們計較呢！」國棟心裡這樣冷笑著。

「國棟，謝謝你來我們公司上班，慶章這個小子，這輩子沒有做過什麼對的事，唯一一件做對的事，就是找你這個部隊的同袍來我們公司上班。」慶章的爸爸，也是這家塑膠工廠的董事長跟國棟說著。

「董事長，謝謝你，也謝謝慶章，我真的覺得來做業務是對的！」國棟有感而發的說道。

「怎麼說？會不會有點大材小用的感覺？」董事長定定的看著國棟，這樣跟他

說道。

「連我自己的兒子都覺得跑業務很累，我要他到業務部他死都不肯啊！」董事長笑道。

「我最近研讀了許多傑出的企業家的自傳，我發現他們幾乎都是做業務起家的。業務是門大學問喔！怎麼會說是大材小用呢？」國棟真的是發自內心的這樣覺得。

「喔！怎麼說呢？」董事長感到很有意思，往後深坐在自己的辦公椅上，一副仔細要聽國棟怎麼說的模樣。

「業務要讓客戶信賴你，微笑著將自己的錢放進我們的口袋，這可是最大的學問呢！」國棟說出自己的心得。

「哈哈哈！我也是這樣跟我兒子說，他就是聽不進去啊！國棟……」董事長又拿出一個紅包袋來。

「董事長，這是做什麼呢？」國棟看到董事長的紅包袋，滿臉不好意思的樣子。

「這是董事長自己給你的紅包，我們公司從來沒有業務這麼認真過，這是我的一點意思，你拿去！」董事長這樣子說。

「董事長，你已經發過業務獎金了，那筆錢對我來說，真的非常、非常夠用了，還幫我升了職務，我不能拿你的錢了啦！」國棟說道。

「我這輩子最怨的是，就是全公司只有我一個人最拚命，從來所有的業務都是我自己跑來的，我一直覺得滿累、也滿孤單的，你來了之後，我真的輕鬆了許多，也覺得有人的肩膀願意跟我一起分擔，我是真的很欣慰、也很感謝你，你真的不要跟我客氣，我聽慶章說過你家裡的狀況，拿去給媽媽，讓媽媽替你存著，以後當作自己的創業基金！」董事長體貼的說道。

「董事長……」聽到董事長說這是給他的創業基金，國棟真的感動到眼睛都要布滿了淚水，只是想說這是在辦公室，硬是撐著，不讓眼淚流下來。

「男兒志在四方，你的學歷、你的資質來我們公司是真的有點大材小用，我自己知道，將來你應該是要自己去開公司的，但是董事長我是真的很高興你來我這裡，也希望以後，你要開公司時，我們有個機會可以合作。」董事長開誠布公的說

道。

「真的嗎？這是我的榮幸！」國棟感激的說。

「是啊！我年紀也這麼大，本來就該要退休！我自己這些年來也覺得塑膠這門生意，會愈來愈走下坡，成為夕陽工業，不應該強留你這種有為的年輕人，你以後想做其他的生意，真的可以找董事長來談談，我可以投資你，大家一起賺錢，這樣不是很好嗎？」董事長笑著說道。

「謝謝董事長、謝謝董事長……」國棟不住的感謝，這是他這些年來，感到最大的好運與支持。

從那天之後，國棟更是賣命的工作了！

其實當業務員，國棟真的還是個新手，但是董事長本人傳授了很多「實戰經驗」給他。

「沒辦法啊！自己的兒子不願意學，我只能教別人的兒子啊！」董事長總是這麼說。

國棟即使有了好業績，每次出去推銷產品時，他還是心情非常的緊張。

他總是在出門前或者在路上，把想要說的話先想好，甚至會找比較信得過的同事一而再、再而三的沙盤推演。

一步又一步的，國棟反而發現了自己的潛力。

他發現自己的書並沒有白讀。

他覺得自己的分析能力、觀察能力，真的比一般人來得好。

所以他總能在很短的時間內，判斷客戶是個怎麼樣的人，進而用對方聽得懂的方式來介紹公司的產品。

而且因為國棟的態度非常誠懇，所以客戶幾乎很喜歡把訂單下個他，即使有時候他們公司的報價比較貴，國棟還是有辦法把產品推銷出去。

董事長也就三不五時的，將國棟叫進辦公室，偷偷塞紅包給他。

「董事長，這樣真的很不好意思，老是拿你的紅包。」國棟說道。

「國棟啊！我這是怕別人來挖你，當然要對你好一點囉！已經有業界的人跟我說很欣賞你囉！那董事長怎麼敢不對你好一點呢？」董事長笑道。

「不會啦！我不會跳槽的！」國棟打包票的說。

「有你這句話，董事長就比較放心了。」

「你這個經理，比起我那個兒子慶章，對我好多了啊！」董事長老是這麼說。

「那是慶章有福氣，有個董事長爸爸，他當然可以什麼都不怕啊！」國棟淡淡的說道。

「或許有個有錢的老爸，對慶章的人生來說，也不是什麼好事！」董事長搖著頭這樣子說。

09 媽媽，你要相信我！

國棟每天工作十六個小時，看在媽媽的眼裡非常的不捨。

媽媽的心裡有許多的害怕！

怕國棟倒下去！

怕丈夫沒了、兒子也會像先生一樣憑空消逝。

於是揪心又無能為力的媽媽只好將所有的盼望，轉向叩拜菩薩。

媽媽在頂樓加蓋、已經擁擠到不行的房子內，硬生生的規劃出一塊小地方當作佛堂。

每天的早晨和深夜，她一定坐在房堂、叩拜菩薩。

媽媽也想辦法弄來更多的手工來做，國棟每天工作十六個小時，媽媽大概也差不多。

由於姿勢一直固定著不變，媽媽常常會把雙手搞到麻痺不堪。

每天深夜才回家的國棟，看到媽媽還埋首在手工桌前面，總是會跟她老人家勸說不要做了。

「媽媽，妳就不要再拿手工加工回家來做了，錢也不多，我工作的薪水和獎

金，比起這些，賺得多又快，妳何必呢？就好好休息就好了啊！」

「反正我閒著也是閒著，多做一點，就多賺一點，也讓你的負擔減輕一點啊！」媽媽這樣說道。

看到兒子拖著疲憊的身子回來，媽媽總會做上一碗國棟最愛的虱目魚粥，讓國棟當宵夜吃。

吃著宵夜的國棟，總是要媽媽不要太過操勞，他總是在這個時候，跟媽媽說白天發生的事情，自己今天又學到了什麼東西。

「媽媽，你要相信我，我一定會成功的！讓妳過好日子！」國棟總是閃著眼睛的光芒，這樣跟媽媽說道。

「我信，我信，我一定信，我的兒子真的是個好兒子！」媽媽老是這樣回答，並且更虔誠的在佛堂前祝禱，要菩薩保佑著自己的兒子。

有著媽媽的信任，國棟更是拚命的工作了。

公司上下，對於國棟的吃苦耐勞，個個印象深刻。

有一次，有一張單子非常的緊急。

那筆單子是國棟談成的生意，對方硬是抽單從別家公司轉來給國棟這家工廠做。

為了讓這張單子順利的出貨，全公司的生產線，連續十幾個小時、拼了命的趕貨以求順利出貨。

國棟那天也在外面跑了一天，到了晚上就回到工廠和廠裡的員工一起趕貨。

結果國棟的手在包裝時，被包裝繩切到了，由於機器動作很快，像是刀子一樣的繩子，頓時把國棟的手，切得鮮血直流。

國棟自己包紮完之後，又回到生產線上了。

生產部門的經理，要國棟回家休息。

「不要緊的，這批貨一定要準時出，要不然對客戶很不好意思，而且人家以後也就不會下單來我們公司了。」國棟這樣說著。

當天，全工廠熬夜趕貨，也順利完成了出貨。

國棟累得趴在辦公桌上睡著了。

醒了後，用冷水潑一潑臉，又一早去開業務會報、然後出門跑生意去。

「慶章啊！你看，國棟比起你這個當兒子的人，還比較把這家工廠當成自己的工廠在做！」董事長忍不住唸起自己的兒子，慶章也只是吐舌、做做鬼臉，什麼話都不敢說。

全公司的人對於國棟更是敬佩不已。

也因為這樣，生產線的人對國棟談成的案子，更是不敢掉以輕心，不管是品質、或是出貨的時間，總是做到最好。

這樣魚幫水、水幫魚，這家塑膠工廠的生意也漸漸好了起來。

差不多在這家公司做了兩年，國棟決定自己出來闖一闖。

董事長雖然覺得捨不得，但是他覺得國棟真的做到仁至義盡了。

「國棟，這你拿去！」董事長給了國棟一張支票。

「董事長，這樣我真的不知道該怎麼給董事長股份啊！」國棟為難的說道。

「不是，我不是要插股，這是送你的！」董事長這麼說。

「那怎麼好意思呢？這筆數目也不小啊！」

「比起你這兩年替我們公司賺的錢，這算是小錢了啊！」

「可是……」國棟還是踟躕著。

「收下，你就當嚴伯伯感謝你的紅包，也不枉費我們老闆、員工一場。」董事長這麼說時，自己都感動莫名，有點鼻子紅紅的。

「董事長，你這樣，我會捨不得離開的啊！」國棟說道。

「不會，你要留下來，董事長踢也要把你踢走，小廟容不下大和尚，你真的留下來的話，太可惜你這個人才了！」董事長動容的說著。

「別這麼說，董事長給我這麼多的機會學習，我感謝都來不及了！」國棟跟董事長再三感謝著。

「你自己出去闖，如果有什麼疑問的話，董事長畢竟闖蕩了這麼幾十年，比你經驗還是多上許多，歡迎你回來跟我討論，孩子！在我心裡，你比我的兒子更像我的兒子，如果我的兒子像你一樣，我不知道有多高興啊！」董事長給了國棟一個很大的擁抱。

「董事長……」對於父親的愛有一種匱乏的國棟，看到董事長這麼深情、懇切的表達，也感動得說不出話來了。

「孩子啊！你爸爸真的是不會想，有這麼好的兒子，還會不要這個家！真是笨啊！」董事長這麼說著。

「董事長這麼說，對我來講，是一個最大的榮耀了！」

「偶爾記得回來看看我們，這也算是你工作的起點、工作的娘家，當我們是朋友，常回來泡泡茶！」董事長耳提面命著。

「會的！」國棟點點頭。

「有想說做個什麼事業嗎？」董事長問著國棟。

「我想做皮包！」國棟老實的說著。

「怎麼會選擇做這個呢？」董事長不解的問道。

「我只是覺得大家的收入愈來愈好了，也會慢慢的追求比較好的生活品質，這種比較好的、高單價的產品，應該會受到民眾的重視，所以想做這門生意。」國棟這樣說道。

「當老闆不比當員工喔！」董事長有感而發的說著。

「已經感受到了！以前是領人家薪水，現在成敗都落在自己的肩頭上，更是體

會到董事長是多麼的不容易！」國棟同意著董事長的說法。

「但是年輕人真的要出去闖一闖，我也很想把慶章給丟出去，要他好自為之、做出一番事業，不過，就是狠不下心來！你這樣做是對的，嚴伯伯以你為榮！」

董事長又給了國棟一個超大的擁抱。

國棟在董事長的肩頭上，感受到好久沒有體會到的父愛。

10 成敗乃在於一人

國棟決定要投入皮包生意之後，他剛開始還是先做塑膠皮的皮包。

「畢竟這是我比較熟悉的原物料！」國棟這樣想著。

帶著嚴董事長的錢、以及媽媽之前賣房子為他預留的資金，國棟就這樣開了一家皮包工廠。

國棟其實還是沉浸在創業的喜悅當中，只是他萬萬沒想到，自己之前的成功，都是當個員工的成功，其實自己完全沒有當老闆成功的經驗。

即使他知道這當中有很大的差別，但是真的臨到時，才真實體會到那差別有多麼的大。

現在他所管理的皮包企業的財產雖然都是屬於他這個董事長的，但是失敗的最後承擔者，也是屬於他自己。

用自己的血汗錢，創立一個隨時有可能面臨危機的企業，那種沉重的壓力，不是國棟之前可以想像到的。

國棟真到了這一刻，他才明瞭，自己已經將自己、媽媽，乃至於員工及其家屬的生存，都壓在一家公司上頭了。

想到這一點，國棟就足以冒冷汗。

不過，國棟靠著之前累積的好評，創業作是十分的順利。

國棟仍然每天工作超過十六個小時。

自己是董事長兼廠長，還是業務經理。

每天一大清早，國棟就出門去聯絡業務。

白天要忙工廠的事情，當起廠長顧著生產線。

到了晚上，國棟還要埋首於書桌前搞設計，才能讓第二天，工廠的員工能有產品設計圖可以生產。

在創業這一段期間，國棟憑著自己的勤快，以及商業頭腦的靈光，真的發了不少筆的小財。

這些成功，讓年輕又經驗不足的國棟，忘記了商場風雲變化的風險，他開始過於自信。

其實國棟的資金本來就不算太夠，他又擴廠擴張的太快，於是資金開始週轉不靈，工廠的虧損也愈來愈嚴重。

每天從帳上，看到錢像洪水一樣的沖走，國棟的心裡有如刀割一樣。

由於國棟接單接得很快，加上他們的廠房設備其實不算太好，人手不足、員工常常加班，使得出貨的品質開始下滑。

倉庫裡頭開始堆了退回來的瑕疵品。

不過，一些生意上長期往來的朋友，還是會跟國棟訂貨，這也讓他的狀況還在可控制的範圍內。

但是，等到國際市場突然有個變化，有些朋友因為自保，對於那些台灣人傳統上口頭承諾訂貨的朋友，就開始言而無信了。

這些人不是推三阻四、避不見面，就是躲避鋒頭、逃之夭夭。

國棟上門去向這些朋友討債，每每都不成功，常常都吃閉門羹。

這種情況，讓國棟憤恨不平，記憶中那種被負的情緒，又被挑了起來。

因為朋友嚴重的違約失信，讓國棟公司的情況猶如雪上加霜。

已經痛苦不堪的國棟，每天還要面對不斷上門來催款的銀行職員。

還要應付前來逼他還清原料費的廠商。

有的客戶也會要求索賠。

公司積欠薪水的員工，也會攜家帶眷上門來一哭、二鬧，甚至揚言一家要去自殺。

等到沒有生意的時候，帳單還是像雪片般飛來。

國棟唯一能做的是，就是把庫存用賠本、低價的方式賠售，能換多少現金就換多少現金。

每天一打開眼睛，國棟總覺得，好像又要聽到什麼壞消息，他的腦袋中期待好消息的念頭一丁點全無。

更可怕的是，銀行不願意繼續給貸款也就算了，甚至還開始抽銀根。

停止原來預定的貸款下來。

原料商知道這個情況，也就不再供應物料。

「這是要絕我的路嗎？」國棟心裡這樣想著。

做生意出乎意料的一敗塗地，讓國棟有一種淹水淹到即將滅頂的感覺。

這時候的國棟，那種雄心壯志全都沒有了，剩下的只有萬念俱灰、心力交瘁而

已。

坦白說，國棟都不知道自己是怎麼過來的。

他覺得自己一直在應付外來的狀況，應付到麻木的地步。

自己好像永遠都在一種錢不夠的急迫感當中。

他只能不斷的鼓勵著自己……

「會過去的，一定可以過去的，一定可以挺過去的。」

想到媽媽……

國棟不斷的逼自己想到媽媽慈祥的臉。

「媽媽一直為自己活著！」

「不能讓她對爸爸失望後，又對自己失望！」

「要拼下去、拼下去，只能拼下去了！」

每天都要靠這樣的話語來鼓勵自己睜開眼睛、面對這個世界。

有時候，累到仆倒在床上時，國棟常常希望第二天，自己的眼睛睜不開來，他也就不用再面對這一切了。

即使國棟不想讓媽媽操心，一點都沒有跟她老人家說到公司的狀況。

但是看到國棟每天焦急如焚的眼神、愈來愈瘦的身軀，媽媽大概猜也猜得到幾分。

所以媽媽從來不問國棟的公司如何。

「好的話，那孩子一定會跟我說的。」媽媽這樣心想著。

媽媽只是更虔誠的在佛堂前面，花上更多的時間、誠心禮拜菩薩，保佑國棟能夠撐過這個關卡。

這個時候的國棟，有一種很深的體會……

失敗其實不算什麼。

最重要的反而是，失敗之後能否還有信心。

更重要的是，失敗之後能否保持清楚的頭腦。

尤其是鼓勵員工的士氣，已經有不少員工受不了公司的狀況，趕緊離職求去，到別的公司去。

找到一批新的員工、和自己同心打拚，是國棟目前的首要之務。

到了這個節骨眼……

國棟晚上還是會拿起紙筆，畫起設計圖，繼續研究新的方案。

11

生命中的幽谷

在這段期間，國棟仍然逼迫著自己，每天晚上要做設計、要看國際的期刊。

「就算再不想看、再看不下去，也要吸收新知。」國棟這樣子跟自己說。

國棟因為目前在做塑膠皮包，他就逼著自己看《塑膠》雜誌這本國際期刊。

有一天，國棟在這本雜誌的一小角，不太明顯的地方，看到一些國際大廠牌，也開始使用塑膠皮來做皮包時。

他仔細端詳了那些包款。

「還好啊！也不難做，憑哪一點賣得這麼貴呢？」他只是順口這樣說一說。

可是放下雜誌，心裡想著他剛才說的話。

「那為什麼我不自己來做呢？」國棟突然靈機一動。

他開始畫著設計圖，做出跟國際品牌類似的產品，但是並不是抄襲，也會做些變化，不過價格只有對方的十分之一。

也因為這樣，他甚至把一些國際超級大品牌的真皮包款，也做成塑膠皮的產品，價格更只有對方的五十分之一。

他透過《塑膠》雜誌上的廠商廣告，聯絡到一些國外的貿易商，轉而將這樣的

包款外銷到歐美。

由於只是小試牛刀，並不需要多少資本，都還在國棟原本的能力範圍內。

沒想到大獲好評。

訂單如雪片般飛來。

「終於，訂單跟帳單一樣多了！」國棟苦笑著說。

終於，這樣的情況，讓銀行重新評估，願意繼續貸款給國棟。

一聽到這個消息，國棟馬上召開員工大會。

「經過這段時間，大家一起的努力，我要跟大家報告的是，我們基本上已經還清了各樣的欠款……」

「更重要的是，銀行願意繼續貸款給我們了！」

國棟跟員工報告著這個好消息。

「終於啊！」

「老闆終於出運了啊！」

員工們也興高采烈的互道恭喜。

國棟跟員工們說著：「我們暫時度過了這個難關，並且得到一個重新開始的機會。」

國棟一說完，底下的員工就報以熱烈的掌聲。

開完會後，國棟一個人坐在辦公室。

他突然放聲大哭了起來。

「五年了啊！」

國棟想到這家公司，如同在泥沼裡頭打滾了五年。

「我自己是怎麼撐過來的啊？」國棟問著自己。

坦白說，國棟自己也回答不出來，他只知道自己一直在撐著。

「但是，才得到一個新的機會重新開始，我還是不能休息啊！」國棟告誡著自己。

於是國棟為了更好的技術，他起身前往義大利。

義大利的確是個風光明媚的地方，但是國棟卻無心欣賞。

他現在滿腦子只有塑膠皮包要如何製作這樣一個問題。

在義大利，幾家名牌的塑膠皮包製造工廠，國棟都打聽到了地點。

國棟用訂貨商、推銷員的名義前去，試圖要學到一些技術。

「還是不夠！」國棟回到旅館分析著自己得到的資料。

最後，國棟就用打工的方式，前去工廠當作業員。

「這樣總學得到技術了吧！」國棟想著。

由於國棟的手腳很俐落，加上非常勤快，工廠裡的領班都非常喜歡他。

在這段短期打工的期間，國棟也順利的到了幾個他想去的部門。

他不恥下問，跟資深員工們問著製作的技術，並且回到旅館就熬夜整理成筆記，再寄回台灣去。

幾個重要的製模、調色的技術，國棟順利的傳回台灣。

以國棟的機伶，他們台灣的工廠，順利的生產出媲美歐美的產品、甚至是更為出色的包款。

但是成本遠遠低於義大利的品牌。

國棟在國際市場上，把其他歐美品牌打得落花流水。

他終於穩穩的賺到了自己第一桶金。

回到台灣的國棟，還是成天泡在工廠裡面，跟工人們研發著如何精進自己的製造技術。

但是在另一方面，他也開始帶著媽媽開始看起房子來。

「國棟啊！要買這麼大的房子嗎？」國棟的媽媽驚喜著，也憂慮著。

「媽媽，妳不用擔心，錢的事完全不是問題，我們甚至可以一次付清，不需要貸款。」

「可是你要注意公司的週轉金啊！」媽媽不放心的問著。

「我知道的，妳放心，我都算過了，才敢跟妳這麼說。」國棟解釋著。

於是，國棟和媽媽看中了市中心區一間兩層樓的透天厝。

國棟用媽媽的名字一次付清的買了下來。

「好難想像，前幾天才住在頂樓加蓋的租屋，馬上我們就要入住兩層樓的透天厝了，還是我們自己的房子。」

「真是太不可思議了！」

媽媽不斷的這麼說、也不斷的感謝菩薩。

這時候，媽媽也開始提醒國棟……

「已經立業了，也該成家囉！」

媽媽從來不知道怡家跟國棟的那段。

她不知道國棟被傷得非常嚴重。

而國棟的確和怡家分開後，就再也沒有人能走進他的心裡頭。

不是國棟不願意……

而是他一方面很難再去相信人，另一方面，公司的事情讓他煩心不已，他一點都沒有心思去想女朋友的事情。

媽媽的周圍開始有一大堆親戚，要幫國棟介紹女朋友了。

「算了吧！他們這些親戚介紹的女人，大概都跟他們一樣現實吧！」國棟對於人性有著根深蒂固的不信任。

「媽媽，就算我不結婚，我都無所謂，我只要跟妳好好的相依為命就好了啊！」國棟跟媽媽這樣說著。

「我還想抱孫子呢！我可不想只跟你一個人相依為命啊！」媽媽取笑著國棟。

「我沒有辦法把這種事納入計畫表，沒有辦法像做生意一樣，給媽媽一個達成的時間。」國棟跟媽媽這麼說著。

不過，計畫總是趕不上變化。

12

郭明媚

國棟的公司，由於歐美的訂單多了，於是非常需要處理英文書信的祕書。

本來公司就有兩位祕書了，所以當祕書室要求要再加一名祕書時，國棟馬上予以反對。

「這些英文書信有需要這麼多人處理嗎？」國棟非常不滿意的問著。

「老闆，真的是處理不完，我們也不是偷懶，而是訂單量太多了，我們要往返的書信實在是太多了啊！」第一祕書說著。

第二祕書也點點頭。

「你們知道嗎？要請一個員工，付的不僅僅是薪水，還有他們的勞保、退休金都要計算進去，我實在沒有辦法在處理英文書信上，付上三個人的薪水，這實在是太不合理的人事支出了！」國棟說明著。

「老闆，如果不能補上正式員工的職缺，可否給我們一個額度，就是請工讀生來幫忙。」第一祕書問著。

「如果是工讀生的費用，當然是沒有問題，不過這些往返國外的書信，都關係著重要的訂單，讓工讀生來做，行得通嗎？」國棟反問著。

「我們可以請大學的外文系老師介紹優秀的學生，這個收入對學生來說，也是很不錯的收入。」第二祕書回答著。

「好，就照你們說的去辦好了！」國棟裁示說道。

因為國棟本身的英文程度就很好，很多國外的生意都是他去談的，因此兩位祕書找來的工讀生，他們寫的英文書信，都被國棟嫌棄到了極點。

「這年頭的英文教育是怎麼回事呢？外文系的學生，寫封英文信，寫得這麼亂七八糟！」於是來的工讀生，幾乎來一個就被國棟裁掉一個。

大概來了五、六個之後，郭明媚這個學生來了。

她是個大學三年級的學生，是第一祕書的外文系老師介紹的。

「明媚的程度是真的不錯！」國棟終於有稱許的工讀生了。

「是啊！她的爸爸媽媽都是老師，所以從小就非常注意她的英文程度的訓練。」第一祕書解釋著。

而且明媚上班非常認真。

雖然她的工作薪水是以小時來計算，但是她做得比正職員工還要努力。

而且她非常勤快，有時候還會自己畫些設計圖給設計部門參考。

「這張圖不錯！」有一次開會的時候，國棟看到設計部遞上來的一張設計圖，國棟覺得非常大氣，忍不住拿起來端詳。

「這是明媚畫的！」設計中心主任跟國棟報告著。

「明媚，你是說那個幫忙英文書信的工讀生嗎？」國棟不相信的問道。

「是啊！」設計中心主任必恭必敬的回答著。

「英文系的學生怎麼會畫設計圖呢？」國棟驚喜的問著。

「她說她從小就很喜歡畫圖，只是家人都覺得畫畫沒有前途，要她讀外文系。」主任答道。

「可是設計圖跟畫畫還是不一樣的啊！」國棟很難理解的問著。

「是啊！那孩子實在是有天分……」

「她說她看到英文書信中附著的設計圖，她就想說自己也來試試看，就畫出來了！」設計中心主任笑道。

「可是感覺作品不像是台灣人的作品，有國際品牌的架式。」國棟不斷的稱許

著。

「我也這樣子說，也問過她，她說她常去學校的圖書館翻國外的期刊，跟著學的！」

國棟更是驚訝了，直說：「這樣的人才，要想辦法把她留在公司裡，她來公司上班的時候，要她到我辦公室來談談。」

隔了幾天，等到明媚來公司打工的時候，第一祕書馬上帶著她去國棟的辦公室報到。

明媚就一個學生的模樣，到了國棟的辦公室。

「董事長好。」明媚尊敬的跟國棟問好。

「郭同學，不要這麼客氣，坐著談。」國棟請明媚到辦公室前端的小客廳裡的沙發坐著談。

「是這樣子的！」國棟一開始就端出非常好的條件。

「妳來我們公司打工，一直非常認真，而且前幾天我看到妳畫的設計圖，也覺得很不錯，我是想請妳做我們公司的正式員工！」國棟開宗明義的說道。

「可是，我還在學校讀書耶！怎麼做正式的員工呢？」明媚不解的問著。

「沒關係，妳還是照原本的工作時間來，只是薪水變高了而已！」國棟笑著說道。

「啊！真的嗎？有這麼好的事情喔！」明媚不可置信的問道。

「是啊！我們覺得妳是很符合我們需要的人才。」國棟笑著說。

「妳怎麼會這麼努力啊？是家裡有經濟上的需要嗎？」國棟想起讀大學時的自己，忍不住也覺得明媚可能是跟他一樣。

「不是啦！我爸爸媽媽都是老師，有終身俸，家裡的經濟狀況還算是小康。」明媚解釋著。

「那怎麼這麼努力賺錢呢？」國棟笑著問。

「我男朋友正在當兵，他將來要出國唸書，我們說好了要一起努力，他努力考公費，我努力賺錢，要一起為我們的將來努力著。」明媚解釋著。

「真好，男女朋友這樣很同心啊！」國棟說道。

「那請問董事長，我變成正式的員工，是要做什麼職位的工作呢？」明媚問著

國棟。

「我想請妳做我的特助、特別助理，這樣妳可以學的東西就比較多。」國棟把自己的計畫跟明媚解釋著。

「喔！好！可是我不知道特別助理要做些什麼？要請董事長多指教我，我會很認真學習的。」

「這我很放心，妳來我們公司，這一路上，妳處理的文件，我看到都非常滿意，妳要相信自己的能力。」

明媚開心的走出辦公室。

國棟在自己的辦公室內，不禁嘆了好大的一口氣。

想到自己跟怡家大概也是大三、大四的時候在一起的，跟明媚這時候的年紀差不多。

「我們當時也說好了要一起努力啊！」

「可是怡家三天就兵變了啊！」

國棟想到這裡，他的心還是會隱隱作痛。

那種心痛是很難跟別人言喻的！

「只能靠不斷的工作，來忘記這種傷痛！」

「工作也比愛情有保障，只要付出就是會有回收。」國棟這樣想著。

13

明媚和男友

明媚自從變成公司的正式員工後，表現更是沒有話說。

也因此，即使她沒有辦法全天來公司上班，領正式員工的薪水，也沒有人有話說。

「她是真的很有才華，也很能幹，公司真的需要她這種人才！」公司的同事都這麼說著。

大家也常常看到明媚的男朋友來接她下班。

「哇！阿兵哥真勤快啊！」同事們都這麼笑道。

「嗯，他考上了公費留學，要出國唸書了，所以我們在台灣相處的時間不多了！當要勤快點囉！」明媚說著。

明媚和男友看起來感情就非常好。

他們兩個是高中時期就認識了。

明媚常說，他們兩個的默契很好。

雖然兩個人的學校距離非常遙遠，但是從高中到大學，他們兩個就是常常會一起到某個地方碰面，先前也都不需要約好，就是會很有默契的一起到那裡去。

「明媚啊！妳男朋友到國外讀書，妳不跟著去，這樣行嗎？你們不怕彼此跑掉嗎？」同事們都問著明媚。

「我們對彼此有信任，而且為了我們的將來，我還是要工作賺錢，兩個人都到國外去，我也只能找到打工的工作，實在是負擔不起生活費的開銷。」明媚跟同事解釋道。

就在明媚的男朋友出國之後，明媚也大學畢業了，正式在公司全職的上班。

國棟也替明媚加了薪水，並且在工作上予以重任。

而且，漸漸的，國棟發現，自己愈來愈不能沒有明媚。

國棟會自然而然的在辦公室尋找著明媚的身影。

只要有明媚在，國棟就是很安心。

而且國棟和明媚的組合，就是非常互補的兩個人。

原本國棟公司設計的包包，技術上是絕對沒有問題，不過老是被國外的廠商嫌說土氣。

明媚就把這塊補得很好。

明媚的美感很好，只要她稍微提個醒，哪邊要修一下，那張設計圖就會改觀，變得非常有質感。

國棟在工作上，時間控管和成本預算一向抓得很好。

不過他一向沒有辦法給予員工很大的鼓勵。

明媚總能以他特助的名義，跟員工好好聊聊，讓員工覺得國棟這個老闆非常欣賞他，對公司的向心力也更好了。

總之，國棟對於明媚的欣賞，已經從工作上，延伸到她整個人。

國棟很久沒有談感情了，真的不知道該如何對明媚表白。

他知道明媚和男朋友的感情很好，但是他還是覺得要讓明媚知道他對她的一片心意。

於是趁著一個週日，國棟跟明媚說會去他們家拜訪。

國棟就帶著媽媽準備前去提親。

「我的兒子有喜歡的女生喔？」國棟的媽媽異常興奮的說道。

「是我公司的特助啦！」國棟不好意思的說著。

「太好了、太好了。」媽媽也沒多問些什麼，就忙著準備提親的事情。

而明媚對於提親的事毫不知情，只有跟爸爸媽媽說，老闆準備來拜訪他們兩位老人家。

明媚的爸爸媽媽，還覺得國棟這個老闆做人真是有夠客氣，難怪事業可以做得這麼的成功。

這個星期日，國棟和媽媽就帶著大包小包的禮物，前去明媚家。

「吳老闆，真是太客氣了，人來了就好，還帶這麼多禮物來，那怎麼好意思呢？」明媚的媽媽說道。

「哪裡、哪裡，應該的、應該的。」國棟的媽媽也非常熱情的寒暄著。

國棟和媽媽在客廳坐定了。

「謝謝明媚在工作上這麼幫我們國棟的忙！」國棟的媽媽這樣說著。

「應該的、應該的！」明媚的爸爸媽媽異口同聲的說道。

「希望她以後繼續照顧我們家國棟！」

「哪裡、哪裡，我們還希望國棟繼續照顧著我們家明媚啊！」

這樣說起來，兩家人都非常高興，也都回答得理所當然。

等到快要回去的時候，國棟的媽媽就問了：「那我們什麼時候替他們兩個辦喜事啊？」

「什麼？」明媚和爸爸媽媽同時叫了出來。

「什麼，這是提親嗎？」明媚的媽媽反問著國棟和他媽媽。

「是啊！不是嗎？這不就是提親嗎？」國棟的媽媽反問著，她一臉理所當然的模樣。

「妳跟妳老闆進展到這種地步了？」明媚的媽媽轉頭去問明媚。

「沒有、沒有，我跟我老闆只是工作上的夥伴……」

「我們完全沒有感情上的糾葛！」

「我的男朋友在國外讀書，你們也不是不知道啊！」

明媚急著連忙撇清。

「董事長，你在開玩笑嗎？快跟我爸爸媽媽解釋啊！」明媚急著轉而向國棟求情道。

只見到國棟站了起來，跟明媚的爸爸媽媽鞠躬道：「伯父、伯母，我是真的很喜歡明媚，也希望以結婚為前提跟她交往，希望你們兩位成全！」

「沒有、沒有，我們在感情上完全沒有關聯！」明媚急忙搖著手。

「也就是說，是你很喜歡我們家明媚而已囉！」明媚的媽媽問著國棟。

「是的！」國棟點點頭。

「你知道嗎？我們明媚有個很好的男朋友在國外嗎？」明媚的爸爸也開口問了國棟。

「我知道。」國棟也點了點頭。

「那為什麼還會來提親呢？」明媚的媽媽不解的問道。

「我只是表示出我對明媚的決心……」

「明媚又沒有結婚，我覺得我仍然有資格追求她，來這裡提親就是為了表達我的誠意。」國棟答道。

「可是我真的一點意思也沒有啊！」明媚皺著眉說著。

「我願意等妳。」國棟堅定的說。

「這很奇怪耶！」明媚還是無所適從的模樣。

「我很欣賞國棟，他這樣的表現很有男子氣概！」明媚的媽媽倒是看國棟，有種丈母娘看女婿的味道，愈看愈有趣。

14

丈母娘看女婿

等到國棟和媽媽回去後，明媚開始跟爸爸媽媽抱怨。

「真是讓我有夠尷尬的啊！」

「這樣我要怎麼繼續上班呢？」

「乾脆辭職算了！」

明媚一臉焦慮的說道，但是她也知道，她暫時也找不到比這裡更好的薪水。

因為這家公司給她這個大學畢業生，是一份專業經理人等級的薪水。

「妳怎麼這麼沒有風度啊！」明媚的媽媽說道。

「這跟風度有什麼關係呢？」明媚氣呼呼的說。

「窈窕淑女，君子好逑，人家大大方方的來表明自己的心意，有什麼不對的呢？」連爸爸都這樣說。

「你們好像心都在我老闆的身上了啊！」明媚沒好氣的說。

「人家是很優秀啊！」

「而且我們本來就一直鼓勵妳，多交交朋友。」

「不要那麼死心眼嘛！」

爸爸媽媽你一言我一句的說著。

其實明媚的爸爸媽媽，對於明媚的男朋友是有意見的。

除了嫌他們家的家世有點複雜外，還覺得這個男孩子出國唸書，拿了公費留學，竟然還要明媚寄錢過去支付他的生活費，明媚的爸爸媽媽一直不能接受這一點，也相當不高興。

「那是我自己要寄給他的啊！」明媚解釋道。

「是我希望他過得好一點，專心求學，不要去打工才這樣做的啊！」明媚不斷的替男朋友解釋著。

「你們又還沒有結婚，他就不應該拿得那麼理所當然啊！」媽媽不平的說道。

「我們本來就有結婚的打算，有必要分得那麼清楚嗎？」

「而且我的薪水是真的不錯，給男朋友寄一點生活費，也不算什麼啊！」明媚嚷嚷著，直說爸爸媽媽很現實。

「我們不是現實，如果現實的話，妳住家裡、吃家裡，理當要給我們錢，我們也都沒要，這是現實嗎？」媽媽說著。

「是啊！我知道媽媽疼我。」

「就是因為疼妳，才捨不得妳嫁過去吃苦，妳根本對對方那個家庭沒有多少的理解。」

這樣的話題，明媚和爸爸媽媽討論起來，就是沒完沒了，也沒有一個好的共識與結論。

只是國棟這麼一提親，讓爸爸媽媽又燃起了希望。

「妳就讓國棟有個表現的機會，不是很好嗎？」

「我們也沒有要妳一定要嫁他！」

「只是希望妳給他一個機會，也給自己一個機會而已！」

爸爸媽媽七嘴八舌的說道。

「可是他是我老闆耶！這不是很奇怪嗎？」明媚沒好氣的問著。

「這有什麼奇怪的，妳不是說妳老闆是個公正不阿的人，我相信他會公私分明的！」

「而且妳自己也說，妳是憑妳自己的才華得到這份工作的，那妳有什麼好奇怪

的呢？」

爸爸媽媽跟明媚這樣建議著。

被爸爸媽媽這一說，明媚也說不出話來了。

她就硬著頭皮繼續上班去。

但是國棟的確就像明媚的爸爸媽媽說的一樣，在工作上，他是不會牽拖感情的，也不會給明媚帶來困擾。

他頂多就是私底下，會約明媚一塊去看場電影。

但是明媚也都拒絕他，國棟也沒有繼續多說些什麼。

「傻丫頭，妳就跟他去看場電影，妳會少一塊肉嗎？」明媚的媽媽氣得數落著明媚。

「我不想去，覺得很奇怪。」明媚說道。

「妳老是說奇怪、奇怪，我才覺得妳這個女孩子有夠奇怪呢！」明媚的媽媽氣得要命。

「媽！妳這不是一直鼓勵著我劈腿嗎？這樣不是很沒有道德嗎？」明媚大聲的

說道。

「這只是讓自己多點選擇，跟道德不道德一點關係也沒有。」媽媽這樣說著。

而且明媚的媽媽沒有讓明媚知道，自己私底下約了國棟出來聊聊。

「伯母，請問您找我有什麼事情嗎？」國棟小心翼翼的問著明媚的媽媽。

「我是希望你能夠給明媚多一點的時間，我們家這個女兒非常的死心眼，需要多一點的時間。」明媚的媽媽說道。

「我知道，我說過我會等她。」國棟點了點頭。

「我的想法是，我們不可以把希望都放在明媚的身上，一定要想辦法跟她的男朋友說上話。」明媚的媽媽說著她的計畫。

「伯母，我不知道妳的意思是？」

「因為明媚的男朋友偶爾會打電話過來台灣，我如果接到，而且明媚又不在的話，我會跟他說說，要他知所進退！」

「這樣好嗎？」國棟問著。

「沒什麼不好，結婚是兩家人的事情，我一直不太能接受那個男孩子的家，怕我們明媚嫁過去會吃苦，我把我們的疑慮跟那個男孩子說說，他是個自尊心很強的人，相信他會知難而退，自動跟明媚分手的！」

「謝謝伯母，謝謝伯母，只要我和明媚結婚後，我一定會孝順妳的，把妳當成我自己的媽媽一樣的孝順，請您放心。」

「我不用你孝順我，只要你對我們明媚好就可以了。」

「我知道的，謝謝伯母這麼幫忙。」

「我也只能幫到這裡，即使那個男孩子離開，也要靠你自己打動明媚，讓她接受你，這就要靠你自己了。」明媚的媽媽說著。

「這不是問題，我和明媚是很好的工作夥伴，我們有我們的默契，我相信只要沒有她那個男朋友，明媚是會敞開她的心，接受我的，這個自信我還有，請伯母放心。」

「那就好、那就好。」明媚的媽媽這樣說道。

「還有……」明媚的媽媽想起來要提醒國棟。

「我們兩個碰面的事情，千萬不能讓明媚知道。」

「好的，我會小心的。」

「那個孩子如果知道我和你私底下碰面，怕她會有反感，以為我們串通起來破壞她的感情。」

「我知道，我會留意的。」國棟點點頭。

15

從中作梗

過沒幾天，明媚的媽媽果然接到明媚的男朋友葉志良的電話。

「伯母，請問明媚在嗎？」志良問道。

「不在，不過我真的想跟你聊聊。」明媚的媽媽這樣子說。

「什麼事啊？」

「是這樣的，我最近聽說，明媚每個月都會寄錢給你，當作你在國外讀書的生活費，你覺得這個錢，你收得安心嗎？」明媚的媽媽單刀直入的問道。

「嗯……」志良在電話那頭說不出一句話來。

「坦白說，我們明媚工作也是很辛苦，早出晚歸的，你這樣拿錢拿得這麼方便，我和明媚的爸爸看到心裡都不是很舒服。」

「是明媚有跟你們說什麼嗎？」志良問道。

「明媚不需要跟我們說什麼！我們有眼睛可以看。」明媚的媽媽冷冷的說著。

「那伯父、伯母的意思呢？妳跟我說這些事情的意思是？」志良反問著明媚的媽媽。

「我那個女兒是個死心眼，我是希望你自己跟她說，請她不要再寄錢過去

了。」明媚的媽媽說明清楚。

「好的，我會的。」志良也簡單扼要的說，而且已經感覺口氣跟先前不太一樣了。

「還有……」明媚的媽繼續說著。

「還有什麼呢？要不要一次說完。」志良這次聽起來就是不太對勁。

「好，既然你這樣說，我就把我和明媚的爸爸想說的，一次給說清楚，請你自己知所進退。」明媚的媽媽也發起狠來說道。

「你也知道我和明媚的爸爸都是老師，坦白說我們也不是什麼身世顯赫的家庭，但是是個清白之家。」

「可是你那個家，真的是牽扯不清，你爸爸還有兩個太太，我真的覺得太複雜了，不希望我的女兒將來有一天會嫁過去，我覺得這樣她會太辛苦，所以……」

「所以什麼？」志良冷冷的問道。

「所以，我希望你能直接跟我女兒談分手！因為我的女兒是個死心眼，我不希望她這麼執著在你的身上，我和她爸爸也有意思，讓她去相親，多認識一些門當戶

對的好對象，也請你體諒我這個做母親的心。」明媚的媽媽終於把所有想說的，都跟志良說清楚了。

其實明媚的媽媽是個很親切的人，她也是為了女兒的幸福急了，才會說話這麼口不擇言。

志良這個人是個很上進的男孩子，但是最大的弱點就是不能提到他的家，尤其是嫌棄他的家世不好，這更是志良心中最大的痛處。

聽到明媚的媽媽這麼說，志良也有點火了。

「伯母，妳很以妳的家庭為榮，我也非常以我的家為榮，即使妳不欣賞它，但是那是我從小到大的根。」志良在電話筒那端正色的說道。

「我們家的確是有兩房，但是絕對不是妳所說的那樣不清白，我們也是堂堂正正的做人處事。」志良講得有點哽咽了起來。

「如果有人這麼藐視我的家庭，我也覺得沒辦法繼續討論下去，請放心，我會跟明媚分手的，省得將來兩家人相處起來，非常的痛苦、不愉快，這也真的沒有必要。」

「而且，我會把明媚寄來錢，都原數的還給她，省得您和伯父覺得我占了明媚的便宜。」

志良說完，也沒有等明媚的媽媽回話，就把電話給掛了。

「真是沒禮貌，掛我電話。」明媚的媽媽還氣呼呼的說著，嫌棄志良嫌棄得要命。

「不過，希望志良真的說到做到。」明媚的媽媽企盼著。

果然，又隔了沒幾天，明媚就收到志良的從美國寄來的信。

是分手信。

信裡頭，志良說明了他想了許久，還是覺得門當戶對是重要的，他希望跟明媚分手，不要將來，兩個人要在家庭的夾縫之間痛苦著。

信裡頭還有一張匯款單，是明媚之前寄給志良的錢，全部原封不動的退回給明媚。

「這是怎麼回事啊？」明媚哭著問道。

「誰曉得啊？他發什麼神經啊？」明媚的媽媽一副不明就裡的說著。

「媽，妳有跟志良說些什麼嗎？」明媚問道。

「妳覺得我能跟他說些什麼呢？我才不會打電話去美國找他呢！浪費我的電話錢。」明媚的媽媽不干己事的回答。

「好，那我打電話去。」明媚馬上撥起長途電話給志良。

但是明媚卻怎麼打都撥不通。

明媚也寫了信，志良也都沒有回。

「就這樣子，我們將近十年的感情就要斷了嗎？」明媚哭了許久。

明媚人也憔悴了許多。

國棟和明媚的爸爸、媽媽其實都低估了明媚的情緒。

志良這樣突然切斷感情，對明媚的影響不僅僅是在一段感情而已。

就像國棟在怡家分手以後，也不敢再相信女人一樣。

明媚的感情似乎就有一個部分被狠狠的切斷，那對她在感情上的整個覺知全部都不對勁了。

或許是明媚在這段將近十年的感情裡頭投入太多，志良一下子狠狠的切斷，讓

她好像整個人都被切斷了某個重要的連結一樣。

她一下子也不知道自己為什麼會變得如此空洞。

雖然明媚的媽媽要她跟國棟一塊出去看電影，明媚也都順從。

但是國棟似乎在感情上就得到一個明媚的屍體一樣。

明媚的心整個都是空的。

國棟跟明媚求婚，明媚也是一臉無所謂的樣子，好像結婚也好、不結婚也好，她都已經無所謂了。

「我相信你結婚後對明媚的好，會讓她的心重新活了起來！」明媚的媽媽跟國棟說道。

「我也這樣覺得，我說過我願意等她。」國棟重申著誓言。

「而且結婚後有了孩子，一定會不一樣的，她會不一樣的。」明媚的媽媽高興的說著。

反正國棟的公司、家裡，還有明媚的家人都是一片歡騰。只有明媚一個人好像一個旁觀者一樣，一點都不積極參與。

「真是恭喜啊！嫁個董事長喔！」知道明媚婚事的人，無不恭喜她、羨慕她，只有明媚自己不知為何高興。

16 結婚

「伯母，你們要相信我，我是真的覺得可以給明媚一個更好的生活，才會來你們家提親的。」國棟跟明媚的媽媽再次說道。

「我知道，我也是這麼想，才會努力促成你和明媚在一起的。」

「還有……要改口了！不應該再叫我伯母了，該稱呼我為媽媽了啊！」明媚的媽媽得意的說道。

「是的、是的，我怎麼這麼糊塗呢？是該叫媽媽了啊！」國棟說著。

國棟會一直跟明媚的媽媽強調、他是為了給明媚一個更好的生活，多少是有點心虛。

畢竟他自己的感情也曾經被怡家切斷過，他瞭解那種傷痛。

但是，國棟竟然促成了明媚的感情被狠狠的切斷，他多少對於這個部分有些許良心不安。

於是他就不斷的告訴自己，是為了要給明媚一個更好的生活，他才會這麼做。

明媚的媽媽也完全同意這個觀點。

他們都覺得這是最好的安排、對於明媚來說是最好的結果。

不過每個人心裡的譜，不是另外一個人可以彈的。

國棟給了明媚一個超級豪華的大婚禮。

那是在一個農場裡頭辦的婚禮。

大概電視劇、電影裡頭所能想到的「噱頭」，他們的婚禮全用上了。

在一個古董搖鈴的鈴聲中，天空中還放起了滿天煙火。

「真是有夠浪漫！」

「看不出來老闆平常那麼嚴肅，竟然婚禮會弄得這麼精采！」

「為什麼老闆看上的不是我呢？」

女同事們你一言、我一句的羨慕著明媚。

可是明媚對於這一切，她只有一種「虛幻不實」的感覺，美是美，卻感覺跟自己並不相關。

她一直沒有辦法很深刻的感覺到自己是這場婚禮的新娘子。

明媚總覺得自己好像在看一場很逼真的電影，電影裡頭的人剛好是她而已。

在盛大的婚禮結束後，明媚正式當成國棟的太太，也就是公司老闆娘的位置。

明媚在家裡，實在是不知道該怎麼跟國棟相處，兩個人在一起的時候，如果沒有婆婆或是電視，他們兩個好像就沒有話說。

那種沉默有時候只能聽到蚊子飛過的聲音。

於是明媚比起國棟，婚後花上更多的時間在公司。

「國棟啊！你真是好福氣，你看明媚多認真上班！」

「是啊！當上老闆娘就不一樣了！」

「當然囉！公司變成明媚家的事業，當然是不一樣囉！」

同事們都驚覺到明媚的改變，尤其是她對公司的專注力更勝以往。

大家也只當她是當了老闆娘才變得這樣。

只有明媚自己知道，她是怕跟國棟獨處，才會把所有的精神全都放在工作上。

國棟雖然也有感到不對勁，但是他只是說不出所以然來，看到明媚那麼投入自家的事業，他還是以為那是明媚愛他的表現。

「我們媳婦真的是好，對公司的事這麼認真！」甚至連國棟的媽媽，對於明媚一心在工作上，也沒有什麼怨言，心想明媚終究是要生孩子，在生孩子之前幫國棟

把生意顧好，當然是最好的事情。

有一天，明媚在公司突然昏了過去，國棟非常緊張的將她送醫。

「恭喜你啊！吳先生、吳太太，你們要當爸爸媽媽了啊！」醫生跟國棟、明媚恭喜著。

國棟欣喜若狂，明媚還是沒有多開心的樣子。

「明媚，妳人不舒服嗎？」看到明媚的臉色不太好，國棟更是緊張的問道。

「可能是懷孕，人有點不習慣！」明媚解釋道。

國棟只有更加呵護著明媚，而婆婆更是將明媚捧在手掌心上。

一直到此時此刻，明媚才突然有了疑問。

「為什麼我連懷孕了都高興不起來呢？」明媚問著自己。

她不斷的問著醫生、護士。

「可能是荷爾蒙的問題吧！」

「有些人是產後憂鬱症，妳可能是產前就有點憂鬱症的現象，不要太擔憂。」

醫護人員都這樣告訴明媚。

明媚也就這樣接受。

媽媽則是告訴她：「妳還好吧！我當初生妳的時候，看到妳生出來時，我實在是很想把妳塞回去，不想照顧一個小寶寶，麻煩死了。」

就這樣，明媚又懵懵懂懂的生了一個男孩出來。

鈺鎮是國棟和明媚的第一個孩子。

可是生了這個孩子之後，國棟和明媚之間，所有的問題都浮現了出來。

明媚連孩子都不願意花太多的時間照顧，這點讓國棟和婆婆相當不以為然。

「妳為了公司的事業，我當然是覺得好！但是孩子也需要妳，我可以照顧好事業，妳就好好照顧鈺鎮，這樣不是很好嗎？」

可是明媚連解釋都不知道該怎麼解釋起。

她就是很沒有辦法待在家裡頭，只要跟國棟一起單獨相處，即使一起照顧著孩子，她都有種窒息的感覺。

於是明媚代理了一個義大利真皮的包包，為了公司這條線，明媚變得要更常出國，理所當然的不在家裡。

「媳婦也太忙了吧！」婆婆對於明媚不太花心思照顧鈺鎮，相當不能接受。

「媽！明媚也是為了這個家，她新開的那條線，那些皮包真的賣得很好，讓公司獲利許多。」國棟還是在媽媽的面前替明媚講話。

「家裡有這個缺錢嗎？」

「還是你們公司有這麼缺業績嗎？」

「這些事比得上我的寶貝孫子重要嗎？」

國棟的媽媽對於家裡的事很少有意見。

實在是明媚觸犯到她對於養兒育女的傳統觀念，要不然國棟的媽媽是不會反應這麼激烈的。

國棟對於明媚的不滿也隨著媽媽的意見與日俱增。

雖然表面上他控制得很好。

可是人還是壓抑不住自己的心啊！

有一天，國棟喝了酒回來……

那天，明媚剛好也從義大利回來。

結果國棟不知道是借酒裝瘋，還是人真的是醉到已經失去了控制能力，看到明媚的他，對著明媚就是一陣拳腳。

而且國棟還一邊哭著說：「妳為什麼就是不愛我呢？為什麼就是不愛啊！」

國棟一直哭訴著明媚不愛他這件事。

17 國棟的壓抑

國棟打了明媚一頓，但是睡醒後，對於這件事，他一點記憶都沒有。

只看到明媚滿身是傷的在房間。

「明媚，妳怎麼了？」國棟緊張的問著。

明媚把國棟的手狠狠的甩開。

「昨天你喝了酒、狠狠的打了我一頓，你全忘了嗎？」明媚冷冷的問著國棟。

「沒有，我昨天應酬喝了很多酒，我只記得這樣，連我怎麼到家的我都忘了啊！」國棟說著。

「你倒是好，打了人就忘記一切，真是一個超完美的藉口。」明媚不斷的指責著國棟。

「要不然我是摔倒嗎？還是自己打自己呢？」明媚問著國棟。

看著明媚的表情，國棟這才驚覺，這真的是自己做出來的事情。

明媚被打得全身是傷，她也不敢去上班、也不敢回娘家。

為了怕婆婆多問，她更是全身都包得緊緊的，一個人住到飯店去。

這件事讓國棟和明媚之間的關係更糟了。

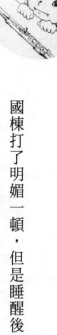

這讓國棟更是不知道該如何是好？

在他的心裡，國棟是很愛明媚這個太太的啊！

但是在他們兩個之間，好像就有一堵牆立在那裡一樣，他跨不過去，明媚也走不進來。

他們兩個就更多的投入在工作上，以致於公司每年的獲利，很快就破億了。

只是這樣的數字，讓國棟和明媚的關係並沒有更好。

於是國棟有個朋友建議他：「你要不要來參加國際兄弟會？」

「那是什麼啊？」國棟問著。

「是一個國際性的慈善團體，不過條件滿嚴格的，每年也只能審核通過一個名額！」國棟的朋友解釋給他聽。

「為什麼會突然找我去這個兄弟會呢？」國棟不明白的問著。

「我只是看你和你太太，兩個人雖然在同一家公司，但是各做各的，好像也沒有什麼交集……」

「我和我太太以前也是這樣，但是自從參加這個國際兄弟會後，他們的制度設

計，就是要夫妻倆一起做善事，我和我太太的感情真的比以前好多了，最起碼有話聊，不會像兩個陌生人，一安靜下來，都不知道說什麼比較好。」朋友跟國棟這樣解釋著、也勸說著。

國棟聽到這裡、馬上就去申請。

他也真的順利通過那一年一個的名額。

果然，國棟和明媚在國際兄弟會的活動裡面，開始有了比較多的互動。

尤其是他們兩夫婦，基本上都是熱心的人。

特別是在熱心行善上。

國棟和明媚也很慷慨，捐起錢來都不落人後。

因為這樣，台北市長還特別召見他們，感念他們對於台北市許多活動的熱心參與。

台北市的許多公園，都可以看到捐助者是國棟和明媚的名字。

為了推廣兄弟會的許多活動，國棟和明媚真的要認真溝通，這讓他們兩個之間的關係，有了根本的改善。

於是在這段期間，明媚發現自己又懷孕了。

可是這一胎，距離第一胎鈺鎮已經相隔十多年了。

在全家關注的情況下，第二胎鈺玲生了下來。

是個可愛的女兒。

國棟對於這個女兒簡直是疼愛到了極點。

「難怪大家都會說，女兒是爸爸前世的情人，這可能是真的喔！」國棟笑著這麼說。

也因為這個女兒，國棟整個人變得更柔軟了！

「女兒真的是我的天使啊！」國棟跟明媚說道。

自從鈺玲生出來後，可能是國棟和明媚的心情都很好、感情也比以前好多了，這讓他們兩個的公司，生意更是蒸蒸日上。

國棟和明媚都把鈺玲當成是個小福星。

而為了不讓老大鈺鎮在課業上要面臨聯考的壓力，再加上家裡的經濟狀況也很不錯，鈺鎮就被送到澳洲當小留學生。

這段時間，是國棟和明媚最幸福的一段日子。

他們兩個常常帶著鈺玲參加兄弟會的許多活動。

有不少年輕學子，都把國棟當成是偶像，覺得他非常的厲害，在家庭、婚姻、事業和慈善上都經營得非常好。

爾後，國棟還當選了國際兄弟會的主席。

這時候的他，事業也達到了高峰。

於是他和明媚更是有錢出錢、有力出力。

國棟就讀的大學，還把國棟邀請回去，頒了一個榮譽博士給他。

總之，國棟的光環在這個時間，是怎麼戴都戴不完。

這天在榮譽博士頒獎典禮後，國棟和明媚一起在學校裡頭散步。

「你以前就讀的科系在哪裡啊？」明媚問起國棟。

「好啊！我帶妳去瞧瞧！」

國棟大概有幾十年沒有回到系館了。

這棟系館的變化不大，只有教室變舊了許多，但是系館裡頭的籃球場、草坪都還是好好的在那裡。

國棟走到以前大樓的陽台。

他突然想到了怡家……

「明媚，妳知道嗎？」國棟笑著跟明媚提起這件事。

「什麼事啊？」明媚看到國棟笑得那麼開心，她還以為國棟有著什麼得意的事情要跟她說。

「我曾經在這裡，看著劈腿的前女友，坐上新男友的賓士車，揚長而去。」國棟笑著說。

「啊！那你不是難過死了！」明媚問著國棟。

「我當場是在心裡默默的謝謝她！」

「為什麼？」

「我謝謝她，因為她這樣的行為，讓我更想變成一個有錢人，我發誓我一定要變成一個有錢人！」

「你果然做到了！」明媚感嘆著說。

「是啊！」國棟點了點頭。

國棟此時此刻站在這個位置，他覺得看到怡家和學長坐上賓士，都還好像是昨天的事情。

18

金融海嘯

結果一陣金融海嘯，讓很多事情都為之改觀。

就在國棟剛卸下國際兄弟會主席的位置後，整個國際掀起一陣金融海嘯。

由於國棟和明媚的事業比較屬於消費性商品，所以在這一波金融海嘯裡頭，影響相當大。

自從創業的前五年之後，國棟再也沒有遇過類似這樣的場景。

即使國棟和明媚像個土地公、土地婆一樣，認真捐錢，以致於大家都以為他們很有錢一樣，但是他們的本業的規模，其實還只是個中小企業。

在這一波的金融海嘯裡面，中小企業的影響相當大。

而且之前明媚談到的義大利名牌，在這個時候，又提高了權利金，讓明媚他們吃不下來這個品牌，必須將這個品牌的代理權給讓了出去。

偏偏這個品牌的獲利，在國棟和明媚的公司，占了很大的一塊。

即使沒有到一半，也有三分之一強。

「你真的不要我回公司幫你嗎？」明媚問著國棟。

因為自從鈺玲生出來之後，再加上鈺鎮到澳洲唸書，明媚就把時間比較放在陪

孩子上頭。

當然一開始是因為公司比較上軌道了。

二來，那時候國棟忙著當兄弟會的主席，明媚要幫忙的話，也都是在幫忙兄弟會的慈善事業。

「妳還是把注意力放在孩子身上，鈺鎮到澳洲讀書，妳也要常去看他，我行的啦！不要擔心。」

「那就好，需要幫忙的話，一定要開口喔！」

於是國棟又開始像創業當初一樣，陷入混沌當中。

只是這一次，國棟覺得自己已經是個有名有姓的人物，在很多事情的處理上，他其實比較在乎顏面。

於是為了讓帳面上的數字好看、也為了順利發出薪水，國棟竟然向地下錢莊借錢。

當然，他沒有跟明媚說到這件事。

他要讓明媚沒有後顧之憂的過日子、帶孩子，所以他只想一個人承擔這件事。

直到有一天……

那一天，許多的黑衣人到公司來。

他們蹲在公司的廠房前面不走。

「吳老闆啊！你不是說今天要付利息錢嗎？」帶頭的黑衣人跟國棟這樣說道。

員工們看到這個景況，你一言、我一句的發表意見。

結果那一整天，整個廠房就被黑衣人占據了，根本也開不了工。

消息很快的傳到人在澳洲的明媚，她馬上趕回台灣來。

「洞到底有多大呢？」明媚一開口就這樣問國棟。

國棟一句話也說不出口。

他從抽屜拿出一張又一張的借據。

明媚拿出電子計算機，打了又打……

她放下電子計算機時，只說了一句：「收拾不了了！」

國棟整個人都癱了，頭埋在辦公室的沙發裡。

「為什麼不早一點告訴我呢？」明媚大聲的問著國棟。

「我不想讓妳操這個心，我想一個人扛起來！」國棟說著。

「夫妻同命啊！」明媚嘆了好大的一口氣。

「先把鈺鎮給找回來了，他也大學畢業，不要住在澳洲，花費那麼大，先回台灣來再說。」明媚說道。

「怎麼不找朋友幫忙呢？」明媚也問起國棟。

「總覺得我好歹也是國際兄弟會的台灣主席，我沒辦法去開這個口。」國棟這樣說道。

「這個時候，還有什麼面子好顧的呢？裡子都沒有了。」明媚這樣子說。

「先把能處理的房產先處理掉吧！最起碼有一筆現金出來，我們要在黑道逼我們處理之前，先把這些都處理掉，時間要緊。」明媚說著。

還好明媚他們現在住的房子，是明媚婆婆的名字，他們很快的處理掉那棟房子後，又趕快租了一間高級住宅區的大樓，全家人搬了進去住。

「有必要住到這麼好的房子嗎？租金不是很貴！」明媚這樣問著國棟。

「還可以啦！」國棟老是這麼說。

也是由奢入儉難，國棟已經沒有辦法去過那種苦日子了。

可是黑衣人仍然不放過國棟他們一家子。

他們又一群人，來到國棟住家的樓下。

「吳董事長，早安啊！」一大早就蹲在門口，讓鄰居們議論紛紛。

由於這棟大樓的住戶，都是赫赫有名的人物，所以地下錢莊這樣的做法，讓國棟簡直面子上掛不住。

「這時候，裡子才是重要的，我們要撐過去，不要那麼在意面子。」明媚跟國棟這樣說道。

「好……」國棟表面上點點頭，但是心裡卻是百般痛苦。

債務已經夠讓人頭痛了！

從澳洲回來的鈺鎮更是讓國棟和明媚煩惱不已。

「你要自己出去找工作、養活自己！」明媚這樣跟鈺鎮說道。

「你要我做什麼呢？」鈺鎮問著。

「我不知道！去麥當勞打工都好！」明媚說道。

「去麥當勞打工？這樣不是大材小用嗎？」鈺鎮不知天高地厚的說著大話。

「那你可以去找一個你喜歡的工作，讓你不覺得大材小用的工作做。」明媚回覆著鈺鎮。

「我回台灣來，本來就是等著要接我爸爸的公司。」鈺鎮這樣講著。

「已經不可能了！」明媚很明白的跟兒子這樣子說。

「為什麼？」

「為什麼啊？」

「你們兩個說清楚為什麼啊？你們從以前都說，爸爸的事業都是要留給我的，為什麼現在又說不可能了呢？」

鈺鎮一時之間很難接受這個事實。

他一直以為回台灣來，有個現成的公司等著要他接手，沒想到媽媽卻要他養活自己、甚至到麥當勞打工都好。

「情況就是這樣，你現在沒有大少爺可以當了！」明媚說道。

「不公平，為什麼要騙我？」鈺鎮大聲的問著。

「沒有騙你，是這次的金融海嘯，家裡受傷太嚴重了，保不住家產了啊！孩子！」明媚死命的搖著鈺鎮，希望他醒一醒。

19

接踵而來

鈺鎮的狀況讓明媚和國棟非常擔心。

不過家裡實在是太多事了，好像人在狀況不好的時候，就更容易招惹狀況不好的事情。

明媚開始去跟國棟兄弟會的「兄弟」們開口，請求協助。

「你也是很奇怪，以前一起做善事的朋友，為什麼不找他們幫忙呢？」明媚一直很不明白這點，也會對國棟有點怨懟。

等到上門求助時，明媚才知道國棟的難處。

尤其現在，大家都知道國棟狀況不好了，沒有人敢拿出錢來幫忙國棟和明媚這一家。

「以前要我們拿出錢來做事，我們二話不說就拿出來了，可是當我們需要人家幫忙的時候，他們卻推三阻四的，這是什麼世界呢？」明媚在求告無門的情況下，終於知道國棟會去借地下錢莊的原因。

更有甚者。

以前國棟擔任兄弟會的主席，他的副手叫做林國慶，也就是國際兄弟會的台灣

區副主席。

林國慶在社會上也是個叫得出名號的人物。

尤其他和國棟，兩個人常說自己是國字輩的兄弟，非常「麻吉」。

「大嫂啊！真是難得，會來我這裡坐坐。」明媚到國慶的辦公室想跟他調頭寸，幫國棟解決問題。

「嗯……」國慶也陷入長考。

「不是說不能幫忙啦！」國慶開口說道。

「謝謝你，國慶，我就知道你和國棟是好兄弟，一定願意幫他忙的。」明媚再三感激的說道。

「可是要有抵押品。」國慶這樣子說。

「我們房子都處理了、換成現金，手頭上真的沒有什麼抵押品可以押上啊！」明媚說道。

「大嫂，那就把妳自己當成抵押品好了。」國慶順手牽起明媚的手。

「你這是在做什麼啊！」明媚氣得給了國慶一個巴掌，然後倉皇的逃出林國慶

的辦公室。

「真是夠了、噁心死了！」明媚氣到恨不得回過頭去再踹林國慶一腳。

但是她也不敢讓國棟知道這件事，怕他難過，覺得自己沒用，連妻小都保護不好。

明媚照著兄弟會通訊錄的名冊，找了一圈，竟然沒有一個人願意伸手幫忙國棟和明媚。

「如人飲水，冷暖自知啊！」明媚的心中有著無限感傷。

她感到最大的悲哀，就是她和國棟都是個熱心的人，以前有人上門來開口要求幫忙時，國棟和明媚從來沒有拒絕過。

「那可是為什麼當我們需要幫助時，卻沒有人願意伸手拉我們一把呢？」

「還會碰上林國慶那種敗類！」

明媚心裡真的很氣不過。

「人性怎麼會那麼醜陋呢？」明媚開始懷疑了起來。

才這樣想時，明媚和國棟的大兒子鈺鎮就闖出禍來。

原來國棟的媽媽、也就是鈺鎮的阿嬤，相當捨不得鈺鎮回來想要一展長才時，卻遇上爸爸的事業落到谷底。

阿嬤非常心疼，就拿出一百萬元的私房錢，要讓鈺鎮創業。

哪知道鈺鎮嫌錢太少，拿那個錢去玩股票，希望錢滾多一點，讓他做生意的資本能夠多一點。

結果鈺鎮玩股票玩到融資，而且還斷頭了。

為了補這個洞，鈺鎮就刷信用卡去預借現金，讓自己成為一個卡奴。

每天銀行的催繳信件、催繳電話，不會比爸爸國棟來得少，只是來找國棟的是黑道，但是銀行的催繳人員跟黑道的氣質，也差不了多少。

「你怎麼會這麼離譜呢？」

「你不知道我們已經都沒有了，還惹出這種麻煩事情來！」

明媚沒好氣的罵著鈺鎮。

「你已經沒有好日子可以過了！一切都要靠你自己了！」明媚跟鈺鎮再三的耳提面命著。

「阿嬤也沒錢給你了！」連國棟都這樣說道。

「你有什麼資格說我呢？」被國棟一念，鈺鎮馬上回起嘴來。

「憑我是你老爸，你說我有沒有資格。」國棟大聲的說道。

「你自己不是去跟地下錢莊借錢，我還是跟銀行借，不會有非法暴力討債的問題，哪像你，上門來的都是黑道，讓我們一家子危險的要命，你有什麼資格可以說我呢？」鈺鎮說得理直氣壯的樣子。

「我可是沒有虧欠你啊！」要算帳，國棟也跟鈺鎮算起帳來。

「你到澳洲讀書，吃住都是最好的，也讓你念到大學畢業了！你好手好腳的，靠自己賺錢養活自己都不行嗎？」

「你在澳洲遇到的年輕人，哪一個像你一樣，過了十八歲還在跟父母要錢的呢？」

「別人都有資格說我，你沒有，我沒有虧欠你這個兒子。」

國棟說到這裡，他心裡就有氣。

他只差沒說：「我爸爸都沒有供我讀完大學，我可是供給你讀完大學了、算是

非常對得起你了！」

國棟不敢這麼說，怕自己的媽媽會傷心。

鈺鎮一氣之下，就跑出了家門。

「我的寶貝孫這樣子跑出去，他要去哪裡啊？」阿嬤又捨不得的擔心起鈺鎮來了。

「媽媽，鈺鎮已經成年了，他要為自己的行為負責任，不是我們替他負責任！」明媚跟婆婆說著。

「媽啊！不用擔心你的寶貝孫啦！他不會餓到自己的。」國棟也跟媽媽這樣說道。

「真的嗎？」阿嬤還是不能放心。

「媽媽，鈺鎮一定是會跑到朋友那邊住，不會讓自己流落街頭的！」

「他如果真讓自己流落街頭，我還敬佩他一點！」

國棟對於這個兒子，始終沒有好臉色。

他老是想到自己在兒子這個年紀時，就已經撐起一個家的經濟重擔，哪像兒子

這樣，到現在還是個「伸手牌」。

「讓他出去生活、生活，也是一件好事。」明媚和國棟都這麼說著。

20

葉志良

就在國棟和明媚忙到焦頭爛額的時候，有一天他們攤開報紙頭版，竟然看到中央研究院新當選的院士叫做……

葉志良。

一同看到報紙的國棟和明媚，心裡都是一驚。

「會不會是同名同姓呢？」明媚心裡這樣想著。

可是報紙把新當選的院士照片都登了出來，那的確是明媚當年的男朋友葉志良沒錯。

「他竟然當選院士喔！」國棟有點酸味的說道。

「我現在落魄了！他卻發達了！」國棟更沒好氣的說著。

「你吃什麼醋呢？我都已經嫁給你二十幾年了，你在吃哪門子的醋啊！」明媚看到國棟的行為，心裡是覺得頗為好笑。

結果有一天，明媚回去娘家，在巷子口，卻看到一個熟悉的身影……竟然就是葉志良。

「啊……好巧啊！」明媚竟然有點結巴起來。

著。」志良這樣說著。

「是啊！我們兩個從以前，就相當有默契，非常容易不期而遇。」志良這樣說著。

他的確說的是實話，當年他和明媚很少約在哪裡見面，可是很奇怪，就是會有種特別的心電感應，讓他們兩個能在某處相遇。

在那個沒有行動電話的時代，這真的是很奇妙的感應。

「明媚，能不能給我一點點的時間，喝杯咖啡。」志良跟明媚這樣請求。

「嗯……」明媚心想一杯咖啡也不算什麼，喝就喝吧！自己都是兩個孩子的媽了，還能如何呢？

「你帶了你太太一起回來台灣參加院士會議嗎？」明媚問著。

「太太？我沒有結婚啊！哪來的太太呢？」志良說道。

「啊！」明媚一臉驚訝的模樣。

「當年你跟我提分手的時候，我還以為你在美國有了新對象，才會那麼急著跟我提分手呢！」明媚笑說。

「這件事一直放在我的心裡，讓我耿耿於懷，我覺得自己處理得相當不好，一直想跟你說聲抱歉。」志良這樣說著。

「都已經是二、三十年前的事了，沒什麼好提的了！都過去了。」明媚淡淡的說道。

「可是我總會想起這件事，也責怪自己太過衝動，或許也是因為這樣，我一直沒有辦法結婚吧！」志良自己說得都有點好笑。

「沒那麼嚴重吧！都已經是段那麼久遠的感情了！我都已經是兩個孩子的媽了！」明媚自己取笑著自己。

「當年，聽到你媽那樣子說……」志良說道。

「我媽？」明媚非常驚訝的問道。

「是啊！是妳媽跟我說，我們兩家門不當戶不對，這讓我非常氣憤，尤其你也知道我非常在意人家提到我家的事……」

「但是……」志良說到踟躕處。

「但是什麼？」明媚問道。

「如果時間能夠再重來一次，我絕對不會照著妳媽媽說的去做，這樣對不起我

自己，也對不起妳。」

「明媚，請原諒我。」

志良滿臉誠懇的說著這些。

明媚聽到志良說的這些，她仔細端詳著志良。

他並沒有改變太多，只是髮鬢有點花白了。

「老了啊！我們都老了啊！」明媚淡淡的笑道。

「明媚，妳幸福嗎？」志良問著。

「很……很好啊！」明媚說道。

「我就是很想聽妳說一聲妳很幸福，這樣我才能夠甘願，要不然心裡一直覺得對妳不起，好像自己的衝動、自卑，扼殺了我們兩個的幸福。」志良這樣說道。

那杯咖啡喝完後，志良好像整個人放下心中的一塊大石頭，但是明媚的心裡卻開始澎湃不已。

明媚不斷的想著，當年如果嫁的人是志良，那麼今天又會是個什麼局面？

「別這樣想，已經是不可能的事情了。」明媚強迫自己搖著頭，彷彿要把那些

記憶給甩掉一樣。

那天回家，明媚想了很久，還是把今天遇到志良的事情跟國棟提及。

明媚本來是想，就是自己心中沒有芥蒂，才會主動跟國棟說這檔子事。

「妳如果想要回頭跟他在一起，我可以簽離婚協議書給妳。」國棟冷冷的這樣說道。

「你在胡說些什麼啊？吳國棟！」明媚非常驚訝國棟聽到這些的反應。

「我是說真的，我想過了……」國棟說道。

「你想過什麼啊？聽一聽你嘴巴說出來的這些沒大腦的話。」明媚沒好氣的說道。

「因為我現在欠的債務，都是用我的名字去借的，如果我跟妳離婚，妳就可以自由了，不要被這些債務綁住。」

「妳跟我還有夫妻關係的話，那些債主就會找妳，妳會被鬧得沒完沒了，真的沒有必要。」

國棟跟明媚這樣說著。

「吳國棟，你這樣的行為，跟你爸又有什麼兩樣呢？」明媚冷冷的回了國棟這句話。

「你最瞧不起你爸，當初用離婚、假結婚的方式，拋棄了你們母子，現在你不是在走你爸爸的回頭路嗎？」明媚問著國棟。

國棟整個人就是啞口無言。

「別再提這件事了，夫妻同命，發生事情就要一起面對，沒有什麼好說的，知道嗎？」明媚再三的告訴國棟這點。

「明媚，你愛過我嗎？」國棟問著明媚。

「真是三八啊！我都已經嫁給你、生過兩個小孩了，現在你問我這個問題不是很好笑嗎？」明媚笑著說道。

「好了、好了，我要去睡覺了！明天還有場硬仗要打呢！」明媚就倒下床鋪、逕自睡去。

這樣的行為，在目前自尊心薄弱的國棟來說，他就覺得：「明媚並沒有說她愛我，所以她愛的真的不是我啊！是葉志良才是。」國棟自己在心裡做出這樣的結論

出來。

他在心中並且想好該怎麼做才是。

21

寶貝女兒

國棟會有離婚這樣的想法已經很久了，他不斷的勸說著明媚一定要離婚。

而且他也有打算逃到國外去，原因是那些黑道竟然用他的寶貝女兒鈺玲來威脅國棟和明媚。

這讓明媚也開始不安了起來。

畢竟鈺玲只有小學四年級，他們也沒辦法為她請二十四小時的保鑣，真的只能自求多福而已。

於是，國棟就匆匆忙忙的簽了一張離婚協議書，帶著鈺玲飛奔到香港來。

現在，國棟在這個懸崖邊，看著鈺玲不斷的哭喊著，要他為她活下去，國棟的心也跟著辛酸了起來。

「鈺玲，爸爸真的是累了！」國棟這樣跟鈺玲說道。

「爸爸，再試一次，請為我再試一次，好嗎？」鈺玲懇求著。

「孩子，爸爸的前半生都在奮鬥，我好累、好累喔！」國棟這樣說著。

「爸爸，為我試一次，好嗎？你以前也為了阿嬤試過，這次再為我試一次，好嗎？」鈺玲苦苦的哀求道。

國棟想起鈺玲剛生出來的時候，他和明媚是多麼的開心，現在自己卻要在這個懸崖邊，棄她而去！

這樣做，好像比自己的爸爸對自己更狠。

想到這裡，國棟就沒了跳崖的勇氣。

他實在是沒有辦法，讓鈺玲有著跟自己一樣辛苦的成長環境。

國棟慢慢的從懸崖邊走回來。

「爸爸，爸爸……」鈺玲馬上衝上爸爸的懷裡，緊緊的抱住爸爸，一刻也不願意鬆手。

「謝謝你，爸爸……」鈺玲不斷的跟國棟道謝，讓國棟的心裡更是慚愧。

「不好意思，嚇到妳了，孩子。」國棟不好意思的說道。

「沒有的事，爸爸願意活下來努力，我已經非常開心了。」鈺玲笑著說，笑容的嘴角還有剛才沒乾的淚痕。

「辛苦妳了！孩子！」國棟也緊緊的抱著女兒。

在這個懸崖邊，雖然短短的十幾分鐘，但是卻彷彿經歷了許多年一般。

生命的酸甜苦辣都在這一刻給顯現出來。

於是一早，國棟就帶著鈺玲，離開朋友家往上海前進。

他們兩個的確非常需要錢，於是國棟一到上海，租了一棟便宜的住處，馬上就到工地報到。

「爸爸，我要跟你去。」鈺玲非常堅持著要跟國棟前去。

「爸爸是要去工地做工、賺錢，小孩子不要跟來。」國棟這樣子說。

「工地應該還是有小孩子可以做的事情，我也可以賺一點錢、同時幫爸爸的忙啊！」鈺玲說道。

國棟拗不過鈺玲，只好硬著頭皮帶她去施工的工地。

上海很多的工地都在徵人，國棟一到哪裡，馬上就有工可以上。

國棟保養算是得宜，因此工頭也沒有嫌他年紀大。

「叔叔，你們在貼這個藝術磁磚，這我很會喔，我可以貼得很漂亮。」鈺玲自己主動的跟工頭說道。

「真的嗎？我們的工人都粗手粗腳的，貼不好這個磁磚，我還在想要怎麼跟老

闆交代呢！」

「既然妳這樣子說，小朋友，妳就幫我們試試看好了！」工頭也答應了鈺玲。

於是國棟在工地挑水泥，鈺玲則是貼起拼花磁磚。

這兩個人在工地，備受工頭的稱讚。

「你們兩個明天還會來吧！」工頭在下工的時候，還特別問了問國棟和鈺玲，似乎想要他們保證明天還會再來。

「會的、會的，我們兩個明天都會來上工。」國棟跟工頭保證的說道。

回去住處的路上，國棟的心裡還是有種悲苦。

「三十幾年前在挑磚，三十幾年後、還是在挑磚，我真的愈活愈回去了啊！」國棟在心裡感嘆著。

「爸爸，你看，我們一來上海就有工作，這是一件好事啊！」鈺玲跟爸爸這樣說道。

「嗯……」國棟不置可否。

但是，鈺玲這麼說時，國棟倒是突然想到了一點。

「總不能讓鈺玲一直待在工地吧！」

「鈺玲也要上學去啊！」

國棟在心裡這樣想著。

而這個時間，在台北的明媚，也想到了鈺玲讀書的問題。

明媚為了債務的處理，的確也把國棟的離婚協議書簽了，訴請離婚。

結果法院竟然判決國棟和明媚的離婚無效，因為這樣有脫產的嫌疑。

「也好，我就注定要當國棟的老婆就是了。」明媚這樣想著。

她雖然記掛著國棟，但是更捨不得小學四年級的鈺玲。

同時明媚還要一個人面對著所有前來討債的人。

明媚是不斷的說，帳務是先生欠下的，跟自己無關。

在法律上這的確是說得過去的。

不過，債務人有時候要債是不管法律的，想盡辦法要到錢才是真的。

特別是那些黑道人士，一來就在工廠和住家抽煙、喧譁，讓員工和鄰居為之側目，不知如何是好。

還有一些親戚，拿著國棟的借據，前來要債。

「我真的是不知道有這一條債務。」明媚死咬著不知道。

「但是妳自己可以看這個筆跡啊！是國棟的筆跡沒錯啊！」親戚們說。

「那妳跟他要去，我真的是沒有辦法解決。」明媚說道。

「你們夫妻這樣是玩兩面手法喔！簡直是翻臉不認帳啊！」親戚們用著最難聽的字眼辱罵著明媚。

明媚一方面在心裡驚恐著，國棟欠的錢怎麼會這麼多呢？

另一方面，她除了死咬不認以外，她還能做些什麼呢？

結果這些竟然還不是最糟的。

明媚有個姊姊，跟爸爸媽媽一樣也是個老師。

國棟不知道是怎麼勸動那個姊姊的，竟然用她的名義跟銀行貸款。

由於姊姊是老師的緣故，利息非常的低。

「國棟可能真的是要錢要瘋了，才想到出此下策。」明媚這樣想著。

結果現在，因為國棟還不出錢來，姊姊的薪水要被銀行強制執行三分之一。

姊姊和姊夫也要辦理假離婚，姊姊要把房子過戶給姊夫，以防他們的房子被扣押。

當警察的姊夫對於國棟和明媚真的是憤怒到不行。

「你們自己搞到家破人亡也就罷了！那是你們自作自受，結果連我們的家也要跟著賠上！」姊夫的憤怒，讓明媚不知道該怎麼面對他和姊姊。

22

沉重的債務

在台北的明媚，看到姊姊和姊夫的景況，她的確覺得非常沉重。

「我實在是無法理解，國棟怎麼會借銀行的錢借不到，又去找親戚跟銀行借呢？」

「等到這種親朋好友都借不到了，就去找地下錢莊！」

明媚真的是想破頭都想不明白為什麼。

她最後只能說，國棟太有自信、也太想表現好了，或者說是國棟太害怕失敗了，他怎麼樣都要撐住這個場面。

「如果當時評估正確，有個止血點，現在的債務問題也不會那麼沉重。」明媚這樣想著，但是都已經是無濟於事了。

眼前的債務就是這麼沉重。

明媚難過的是，以往姊姊、姊夫有問題的時候，明媚和國棟也是慷慨解囊，血本無歸一句怨言都沒有。

可是現在他們罵起明媚，用的字眼可難聽了。

這一天，姊姊和姊夫又來了。

「明媚，妳真的一點錢都沒有了嗎？」

「還是妳手上有偷留點，只是不想拿出來呢？」

姊姊和姊夫你一言、我一句的說道。

「我是真的沒有辦法了啊！」明媚身心俱疲的說。

「國棟呢？他就這麼逃出去，把這個爛攤子丟給妳嗎？」姊姊非常氣憤的說道。

「他也無能為力了啊！」

「跟地下錢莊借錢，上門討債的黑道窮凶惡極，還威脅要綁架小學的鈺玲，也只能往外逃了。」明媚解釋道。

「妳的老相好不是當上了院士，他總有點錢吧！去跟他開口，我相信他一定有能力幫妳的，也幫幫我們這種窮得要死的公教人員，我們也有三個孩子要養啊！」當警察的姊夫說起話來非常難聽。

以前姊姊就常常笑說，這些警察，如果不穿上制服，押著嫌犯時，根本分不出來誰是警察、誰又是嫌犯。

姊夫說話就是非常粗俗，永遠像是在審問嫌犯一樣。

這句話讓明媚氣不過，想到她以前怎麼幫忙姊姊、姊夫這一家人的，她就非常「搥心肝」。

但是氣憤難抑的她，只能用著雙手去搥牆壁。

用力的搥到……

搥到把頭都給撞了上去。

房間裡頭的婆婆聽到聲響，跑出來看到這個場面，嚇得趕緊扶起明媚。

這個時候，還聽到姊夫冷冷的說：「根本就是裝死，我就不相信他們身上不會先留一點保命。」

姊姊看到明媚這樣，還是於心不忍，就死命拖拉著姊夫走了出去。

「明媚啊！妳別嚇我這個老太婆啊！」婆婆哭喊著。

明媚用力的撐坐起來，她抱著婆婆說：「媽，對不起，嚇著妳了，我只是氣到不行而已。」

「對不起，是國棟對不起妳，讓妳在台北受罪了。」婆婆不捨的說道。

這個時候，婆婆從口袋裡頭掏出一個手帕包得好好的存簿，遞給了明媚說：

「這是我的棺材本，媳婦拿去用吧！」

明媚搖搖頭說：「媽媽，妳的錢自己保管好，不要再拿出來了，特別是不要再給妳的孫子鈺鎮了，給他錢是害了他。」

婆婆點點頭。

但是婆婆仍然不肯把存款簿給拿回去。

「媽媽，我們缺的是大錢，我們已經是到了債多不愁的地步，還不出來也就先不要還了，靜觀其變，我相信老天爺不會不給我們路走的。」明媚跟婆婆解釋著，並且硬把存款簿塞進婆婆的手裡。

「還好有妳這個媳婦，我們吳家的列祖列宗保佑，讓國棟娶到妳這個好媳婦！」婆婆哭著說道。

婆婆繼續說：「妳不要再有這種傷害自己的行為了！婆婆會捨不得。」

明媚點了點頭。

「我還有媽需要我照顧，我不會再這樣子了。」明媚說道。

「現在這個家只有我們兩個女人而已，我們要互相幫忙，有什麼婆婆可以幫得上忙的事情，一定要叫我做，老人家有時候也是很有用的。」婆婆說著。

而這個時候的上海，不知情的國棟，還帶著鈺玲在工地裡忙進忙出的。

其實才上了一天工，回去的時候，國棟的腰就痛到不行，鈺玲還乖巧的幫爸爸按摩。

而且來到上海，國棟對於一些上海的民風真的非常不能適應。

上海人永遠都像在逃難一樣，做什麼事都趕得要命。

在捷運裡頭，上海人也會趕著出去，趕到三貼前面的乘客都不以為意。

不僅僅是在工地，在上海四處的人民說話都像是在喊話一樣，他實在是很受不了上海人的素質。

國棟真的覺得愈來愈懷念台北。

可是他在台北等於是破產了一樣，短期內好像也回不去。

國棟扛著磚塊，腰痛加上心裡的不舒服，讓他簡直感到愈來愈沒有希望。

「爸爸，你來看我拼的磁磚。」鈺玲叫著爸爸。

而且她知道要挑中午休息的時間，平常時候就好好的工作。

看到女兒，國棟所有的不愉快就忘記了。

「你看！」鈺玲指著拼花磁磚。

「是個心啊！」原來鈺玲用磁磚拼了個心出來。

「這個心送你！」鈺玲說著。

國棟在心裡想著：「孩子就是孩子，在最壞的狀況下，還是能夠自得其樂，這是我們要跟他們學習的啊！」

就這樣，國棟和鈺玲在上海生活了一陣子。

其實國棟買了張國際電話卡，打了個電話給台北的明媚和媽媽。

由於是在工地的辦公室打的，雖然跟工頭報備過，也知道是用電話卡打的，但是國棟還是不好意思講太久。

「有地址嗎？」明媚急著問道。

「我們聯絡要小心一點，現在那種黑道跨海追帳，是會追到大陸來的。」國棟跟明媚說著。

「我知道，只是想寄點東西給你和鈺玲。」明媚憂心匆匆的說著。

於是國棟給了明媚一個地址，是工地的地址。

他也沒有跟明媚說他們在工地工作。

「先不要讓媽媽和阿嬤知道，要不然他們可能會難過、擔心。」國棟跟鈺玲這樣說著，鈺玲也懂事的點了點頭。

23

窗戶內的長笛

每天國棟和鈺玲從工地下班的時候，他們會走過不少的大街。

鈺玲總會跑到一個音樂教室的櫥窗外，看著裡面的一隻銀色的長笛。

看著鈺玲欣羨的眼光，國棟知道她在想念台北的長笛。

「妹妹，回家囉！爸爸的腰很酸，要趕快回去休息，明天還要上工。」國棟跟鈺玲說著。

鈺玲也是很乖，總是不會吵鬧，只是每天下班都要去看一眼那把長笛。

「啊！爸爸，你聽，〈我的小笛子〉啊！這首曲子是我最喜歡的一首，有人在這裡吹這首曲子。」鈺玲跟爸爸說道。

「〈我的小笛子〉聽起來怎麼有點悲傷的感覺啊？」爸爸問著鈺玲。

「是有點，我有一個同學她很喜歡這首曲子，每次我吹給她聽的時候，她就會哭……」

「我問她為什麼會哭，她都說想到小學要畢業，我們就要分開了，她就很難過……」鈺玲說〈我的小笛子〉很容易勾起別人悲傷的情緒。

「太誇張了吧！才小學四年級就想到小學畢業的事。」國棟笑道。

「我們都說小學四年級就要開始寫畢業紀念冊啊！」鈺玲笑著說道。

看到鈺玲的神情，國棟知道她很想念自己的同學。

可是為了鈺玲的安全，國棟和明媚，當時都覺得帶她出來才是對的。

結果明媚從台北寄來了大包裹，裡面有各式各樣的維他命，有國棟的，也有給鈺玲這樣的小朋友吃的。

最重要的是……

明媚把鈺玲的長笛給寄來了。

「啊！我的長笛、我想念的長笛啊！」鈺玲抱著長笛不放。

由於是在中午休息時間，工地的工人們都要鈺玲吹長笛給他們聽。

鈺玲非常高興的吹起〈我的小笛子〉，工人們無不鼓掌叫好。

「小朋友，以後中午都來表演給我們聽，讓我們長點見識、增點文化，妳說好吧！」有工人這麼說道。

鈺玲點點頭。

其實等到國棟在上海久了一點。

他發現雖然在公共場合，上海人總是爭先恐後，但是私底下相處，他們又沒有那麼嚴重。

也還是很有人情味。

這一天抱著大包小包的包裹，國棟和鈺玲開開心心的從工地回家。

在路上，鈺玲又跑去樂器行看那隻長笛。

很巧的，裡面也有人在演奏〈我的小笛子〉，鈺玲好玩的拿起長笛跟著表演了起來。

這時候，有個中年男子從樂器行走了出來。

結果這個男人看到了國棟，竟然大叫著：「吳國棟，是你嗎？」

國棟也嚇了一跳，還擔心著不會是誰來討債吧！

結果定睛一看，喊他的人似曾相識。

「你忘記我了啊！我是嚴慶章啊！你部隊的同袍，後來你也到我爸爸的公司上班啊！」

「怎麼會忘記你，只是我們都老了，你胖了很多，我一時之間沒看出來啊！」

國棟開心的握著慶章的手。

在這個時候，他鄉遇故知，總是讓人分外感動。

「你怎麼會在這裡啊？」國棟問著慶章。

「我陪我女兒來這裡上課，她在這裡上長笛課，我剛剛聽到有人在外面演奏一模一樣的曲子，所以好奇出來看看。」慶章答道。

「是我女兒啦！」國棟介紹了鈺玲。

「你怎麼又會在這裡呢？」慶章問著國棟。

「唉……說來話長。」國棟一臉尷尬。

於是慶章帶著國棟和鈺玲到附近的咖啡店喝杯咖啡，順便敘敘舊。

國棟也把這一陣子發生的事情跟慶章老實的說了。

「兄弟啊！你別擔心……」慶章非常豪爽的說道。

「我爸爸老是說我這輩子唯一做對的一件事，就是介紹你到我們家來上班。」

「這次我也是被我爸派來上海開疆闢土，你也知道我的……」

「我不是這塊料啊！」慶章自己說得很開心。

「不過我們認識這麼久了，你也知道我這個人就是個阿舍，吃不了苦，但是很大方。」

「這樣好了，我出資金，你出人才，公司讓你管，我們五五平分賺來的錢，你看怎麼樣？」慶章開心的說道。

「那怎麼好意思，我都已經是身敗名裂了，你還這樣幫我。」國棟感動的說道，這是他這一年來，遇到最大的善意了。

「其實之前我就想過要找你，只是想說你的生意做得這麼大，就像我爸說的，小廟容不下大和尚，我哪好意思找你啊！」慶章搔著頭、不好意思的說著。

「我已經什麼都沒有了啊！」國棟感嘆著說。

「其實兩岸的金融並沒有相通，或許以後會，但是目前看起來還有一段時間……」

「你在台灣的債務，並不會影響你在大陸的信用，你還是可以跟這裡的銀行繼續打交道，等於重新開始就是了。」慶章解釋著。

「我也知道，只是找朋友幫忙，大家看到我的慘狀，都不敢伸手幫忙。」國棟

說起來這一陣子遇上的閉門羹。

「我是真的知道你是個人才，這是我比不上的，你願意來跟我合作，是我的榮幸啦！」慶章這樣子說。

「謝謝你、謝謝你……」國棟緊緊的握著慶章的手。

「謝謝你自己吧！之前你在我們家的公司上班時，把這家公司當成自己的做，我爸爸一直很感念這點，他如果知道我遇上你，還找到你來幫忙，一定高興到不行！」慶章說著這段往事。

「你在的那兩年，我們公司賺的錢比後來的二十年還要多。」慶章補充說道。

「那時候也是市場好，不是我一個人的功勞。」國棟雙手搖著手、不好意思的說道。

「我把你安排到好一點的地方住吧！」

「公司有安排駐外人員的住宿，你要來幫忙我，當然是要住好一點的地方。」慶章殷勤的說道。

「兄弟，謝謝你啊！」國棟緊緊的擁抱了慶章。

「你真的是個人才，怎麼可以讓你去搬磚呢？」

「我還在緊張，跑來上海混了那麼久，怎麼跟我爸交代，你也知道我爸看我一向很不順眼，還好，讓我遇見你。」慶章看起來比國棟還要開心的樣子。

24

分進合擊

就這樣，國棟開始到慶章的公司上班。

嚴伯伯都八十幾歲的人了，還從台北飛來上海看他。

「國棟啊！謝謝你來幫我們家的忙。」

「嚴伯伯，慶章說分我的啪數，我覺得很不合理，要還一點給你啦！」國棟這樣說著。

「只要你願意長期跟我們合作，這個錢你儘管拿，你現在也需要用錢啊！」嚴伯伯這樣說道。

「我真的不知道該怎麼說耶！」國棟不好意思的說道。

「國棟，男子漢大丈夫，做錯了就面對，沒有什麼了不起的，嚴伯伯也走過這些，所以當時你說要出去開公司時，我一直跟你說有問題可以回來商量，不過你自己很爭氣，硬是走過那些……」嚴伯伯還是不斷的鼓勵著國棟。

「我唯一擔心的是，我自己的兒子，找到你之後，自己就繼續花天酒地，成天逍遙去了。」嚴伯伯說得氣呼呼的樣子。

「你看吧！國棟，我就說我爸爸巴不得你是他的兒子，他對我就只有打罵的份

啊！」慶章悻悻然的說道。

「你說，你自己從退伍後娶過幾個老婆、離過幾次婚，老婆多到我都快叫錯名字了。」嚴伯伯沒給慶章好臉色看。

慶章也是因為這樣，最小的女兒才跟鈺玲一樣大，和國棟相遇的那天，也是帶著女兒在音樂教室上課。

慶章一安排好國棟和鈺玲的住處後，馬上就幫鈺玲安排到跟女兒同一間的寄宿學校。

「這間國際學校是上海最有名的，規定要住校，我女兒也在那裡讀書，我覺得很不錯，鈺玲應該也很適合那裡。」

慶章這個人做事雖然「昏庸」，但是對朋友是一點好處都不會缺的。自己有什麼，朋友也會有一樣的。

再加上，慶章非常喜歡女孩子，他自己老是說：「女孩是生來疼的。」

所以慶章疼鈺玲疼到視如己出的地步。

國棟也就專心的拼事業。

同一時間的台北，明媚也開始重整公司。

其實他們公司本來有四間門市，但是實在是業績太差了，明媚就一間間收了起來，省得光是門市的房租，每個月就軋到她頭痛的地步。

她也注意到網路品牌的盛行。

於是她把整家公司的重心，從實體門市，轉移到虛擬通路。

以前在實體門市，他們公司的皮包單價都比較高，做的是中高階層的生意。

等到金融海嘯之後，整個消費型態更呈兩極，明媚家的產品正好就在那種上不上、下不下的階段。

更高檔的，他們目前的資本能力也做不來。

明媚只好把重心放在網路拍賣的這一塊。

為了在這一塊市場占有一席之地，她把毛利抓到更低，讓很多網路的年輕族群、學生族群能夠毫不考慮就買下手。

就這樣，網路的市場營收，慢慢占了明媚公司的五成以上。

而且國棟在大陸幫忙嚴伯伯家的工廠，也可以接明媚公司的單。

國棟和明媚就在上海和台北分進合擊，一起面對現實。

就在國棟匆忙帶著鈺玲出國的隔一年農曆年，明媚帶著婆婆和兒子，飛來上海看望國棟和鈺玲。

「媽媽啊！」在機場，鈺玲一看到媽媽的身影，忍不住快步跑上前去，一把抱住媽媽。

「鈺玲，媽媽好想妳喔、好想妳喔！」明媚看到女兒，眼淚就不聽使喚的流了下來。

「媽媽，鈺玲也非常想妳。」鈺玲沒有哭，只是高興到爆了而已。

「媽媽本來想說，這輩子可能要十幾年後才能看到妳，還好，時間比我想像的短多了！」

「媽媽，我有長高嗎？」

「有啊！鈺玲長高又變漂亮了。」

阿嬤也緊緊的摟住鈺玲，她的寶貝孫女。

「鈺鎮，你呢？最近如何啊？」國棟好久沒看見兒子，看到他的模樣成熟了不

少。

「爸爸，現在台北公司的網路部門是我在負責的啊！」鈺鎮得意的說道。

「你兒子做起生意很有你的生意頭腦、非常靈活，而且網站的活動都搞得轟轟烈烈的。」明媚本來不是很喜歡誇耀自己的兒子，不過他這兩年真的表現得很好，是她很好的幫手。

「慶章說，要兩家人一起過農曆年，嚴伯伯也飛來上海看看，我們就一起吃年夜飯吧！」國棟說道。

「當然、當然，慶章和嚴伯伯幫了我們這麼多忙，親戚都沒有他們幫忙的多，理當一起吃年夜飯才是。」明媚附和著說。

但是，在開車回上海市的路上，明媚突然拿出坐上飛機前買的報紙。

「老公，你看！」明媚跟國棟說著。

這份報紙的頭版頭，斗大的標題寫著：「香港富商爵士郭千祿跳崖自殺！」

鈺玲看到標題也大吃一驚：「郭伯伯在他們後院跳崖自殺啊！」

國棟也震驚不已，畢竟朋友一場。

「知道他為什麼走了嗎？」國棟問道。

「聽幾個朋友說，是被債務逼死的。」明媚這樣說。

「好可惜啊！」

「真是讓人不勝唏噓。」

國棟搖頭嘆息，雖然當時郭千祿對他也是相當不客氣。

「整個豪宅都要拍賣掉了，聽說為了養那個豪宅，撐那個門面，郭千祿真的是到處借錢。」

「到了撐不住的時候，就一個人到後院的懸崖跳崖走了。」

明媚淡淡的說著。

「那他的員工呢？」

「我想問莉莉阿姨去哪裡了？」

鈺玲急忙的問道。

「孩子常常跟我說，我們去郭先生那裡住的時候，莉莉對她非常好，即使我們落魄了，莉莉還是很照顧她、鼓勵她，她一直非常感念。」國棟跟大夥兒說著。

「那我想辦法去找找莉莉，或許可以請她來上海工作吧！」

明媚肯定的說著。

經歷過這麼多的患難，明媚這一家人更是忘不了這些患難中珍貴的友誼、別無所求的友誼。

25

上海世博

這一天，是鈺玲期盼已久的日子。

因為她以前在台北班上的同學，幾個比較要好的朋友，要到上海來參觀世博，等於是自行慶祝小學畢業的畢業旅行。

鈺玲從前一個禮拜開始，就忙進忙出的張羅著一切。

她細心的為她的朋友們準備著禮物。

「莉莉阿姨，妳知道嗎？雖然我來上海降級變成五年級，但是我同學還幫我找了許多人寫畢業紀念冊，他們這次來上海會帶來喔！」

明媚透過許多朋友，打聽到離開郭千祿豪宅的莉莉，她最後的落腳處。

國棟就邀請她前來上海，在國棟的公司和家裡幫忙著。

鈺玲和莉莉好得不得了。

莉莉從以前就很喜歡鈺玲這位小姐，所以得知有機會來上海照顧鈺玲，她馬上二話不說，連薪水都沒有談，馬上拎起行李動身前來。

當然，國棟也不可能虧待她。

「要不然，我女兒鈺玲可能不會放過我。」國棟笑著說道。

一邊準備著台北同學的來到，鈺玲還要忙著上海學校的功課。

由於鈺玲有一段時間沒有上學了，所以她在上海讀書，等於降了一級，現在她仍然就讀小學五年級。

爸爸對於這點，一直很不好意思。

「都是爸爸的關係，讓妳比人家晚了一年讀書。」爸爸一直很懊惱這件事情。

「沒關係，別人都沒有我這樣的機會，可以好好的就讀社會小學呢！」鈺玲自己倒是很看得開。

「還讓妳在工地工作！」爸爸講到這點，仍然很不能原諒自己。他老是責備自己是個不及格的父親。

「不會啊！我覺得滿好玩的，工地裡的叔叔、伯伯都很疼我。」鈺玲一直這樣子說。

這天晚上才要去機場接台北來的同學，趁著白天的空檔，爸爸就帶著鈺玲回去工地看以前的同事。

「啊！我一看到你，就知道你氣宇軒昂，不像我們這種粗人是做工的。」工頭

這樣說道。

「工頭真是諂媚啊！」其他的工人笑說。

「我哪有，這是說真的嘛！」工頭堅持著這麼說。

「但是以後有機會要多提拔、提拔我們才是啊！」工頭跟國棟提醒著。

「我知道，在我遇到困難、沒飯吃的時候，你們讓我和孩子有一口飯可以吃，這個恩情，我會記住的。」國棟感動的說道。

「我們真的是有眼無珠，一個董事長來我們這裡，竟然都沒有人看出來啊！」其他工人們這樣子說。

「大家別客套了！那時候我都已經落魄到沒飯吃了，怎麼還會是個董事長呢？」國棟自己笑說。

「那小妹妹，今天有帶長笛來嗎？」

「是啊！來給我們增添一點氣質吧！」

工人們起鬨著。

鈺玲和國棟都知道工人們會這樣子說，於是早就準備了長笛前來。

這一次，鈺玲演奏得比當時好多了。

「有練習還是有差！」鈺玲自己這樣子想著。

鈺玲還在心裡頭許下一個願望：「以後不管發生什麼事情，不管到哪裡去，我都要帶著我的長笛，一刻也不要分開。」

鈺玲演奏完，得到如雷的掌聲，國棟還準備了紅包，一個個發給以前的工人同事們。

莉莉也煮了一大鍋的雞湯，想說讓這些辛苦的工人補補身體。

其實工地裡有許多的工人，都是從大陸很鄉下的地方，來上海找工作、賺錢。

他們離鄉背井，為的就是給家人過好一點的生活。

國棟臨要回去的時候，還跟他們耳提面命著，假如逢年過節，買不到車票回老家，都歡迎這些「老同事」們，到他現在住的地方一起過節。

這一天從工地回到家後，鈺玲在整理給同學的禮物，她拿起一個迷宮圖到國棟的面前。

「爸爸，你看這個遊戲。」

「這個我小時候玩過啊！」國棟說道。

「是啊！我最近才知道這個遊戲叫做一次只能走一步。」鈺玲這麼說著。

「一次只能走一步」的遊戲，就是整個路線都是捲起來的，一次只能選擇走到岔路的某一邊。

「爸爸啊！我想到了。」鈺玲跟爸爸說起。

「什麼事啊？」國棟問道。

「還好當初你沒有跳崖，要不然現在我們也不會過得這麼幸福，真的就像這個遊戲一樣，一次只能走一步，還好你選擇對的那一步啊！」鈺玲想到那天，還心有餘悸的說著。

「是啊！還好是鈺玲緊緊抱著我的大腿，要我為鈺玲活下去，要不然爸爸真的會往下跳了。」國棟一直把鈺玲當成福星、天使。

國棟接著說：「雖然爸爸還有很多債務還沒有還清……」

「可是爸爸有信心，繼續走下去，一定可以把債務都處理掉，我做錯了事，當然要面對。」

「而且生命的美好，真的要活下去、跨出下一步，才能看得到啊！」

國棟這麼說著。

鈺玲把玩著「一次只能走一步」的遊戲，也點點頭同意。

這個時候，這對父女的心中，滿滿的都是希望。

勵志學堂：08

爸爸你還有我

作　者◇吳永樺
出版者◇培育文化事業有限公司
責任編輯◇王文馨
社　址◇221 台北縣汐止市大同路三段一九四號九樓之一
TEL (〇二)八六四七一三六六三
FAX (〇二)八六四七一三六六〇
總經銷◇永續圖書有限公司
劃撥帳號◇18669219
地　址◇221 台北縣汐止市大同路三段一九四號九樓之一
TEL (〇二)八六四七一三六六三
FAX (〇二)八六四七一三六六〇
E-mail yungjiuh@ms45.hinet.net
網址 www.foreverbooks.com.tw
法律顧問◇中天國際法事務所 涂成樞律師 周金成律師
出版日◇二〇一〇年八月

爸爸你還有我/ 吳永樺著. -- 初版. --
臺北縣汐止市；培育文化，民99.08
面：　公分. --（勵志學堂：8）
ISBN 978-986-6439-33-9（平裝）

859.6　　99010752

培育文化讀者回函卡

謝謝您購買這本書。
為加強對讀者的服務，請您詳細填寫本卡，寄回培育文化，您即可收到出版訊息。

書　　名：**爸爸你還有我**
購買書店：＿＿＿＿市／縣＿＿＿＿＿書店
姓　　名：＿＿＿＿＿＿＿＿
身分證字號：＿＿＿＿＿
電　　話：(私)＿＿＿＿(公)＿＿＿＿(傳真)＿＿＿＿
地　　址：□□□＿＿＿＿＿＿＿＿＿＿
E - mail：＿＿＿＿＿＿＿＿＿＿
年　　齡：□20歲以下　□21歲～30歲　□31歲～40歲
　　　　　□41歲～50歲　□51歲以上
性　　別：□男　□女　婚姻：□已婚　□單身
生　　日：＿＿年＿＿月＿＿日
職　　業：□①學生　□②大眾傳播　□③自由業　□④資訊業
　　　　　□⑤金融業　□⑥銷售業　□⑦服務業　□⑧教
　　　　　□⑨軍警　□⑩製造業　□⑪公　□⑫其他
教育程度：□①國中以下（含國中）　□②高中　□③大專
　　　　　□④研究所以上
職 位 別：□①在學中　□②負責人　□③高階主管　□④中級主管
　　　　　□⑤一般職員　□⑥專業人員
職 務 別：□①學生　□②管理　□③行銷　□④創意
　　　　　□⑤人事、行政　□⑥財務、法務　□⑦生產　□⑧工程

您從何得知本書消息？
□①逛書店　□②報紙廣告　□③親友介紹
□④出版書訊　□⑤廣告信函　□⑥廣播節目
□⑦電視節目　□⑧銷售人員推薦
□⑨其他

您通常以何種方式購書？
□①逛書店　□②劃撥郵購　□③電話訂購　□④傳真訂購
□⑤團體訂購　□⑥信用卡　□⑦DM　□⑧其他

看完本書後，您喜歡本書的理由？
□內容符合期待　□文筆流暢　□具實用性　□插圖
□版面、字體安排適當　□內容充實
□其他

看完本書後，您不喜歡本書的理由？
□內容符合期待　□文筆欠佳　□內容平平
□版面、圖片、字體不適合閱讀　□觀念保守
□其他＿＿＿＿＿＿＿＿＿＿

您的建議
＿＿＿＿＿＿＿＿＿＿＿＿＿＿＿＿
＿＿＿＿＿＿＿＿＿＿＿＿＿＿＿＿

剪下後請寄回「221台北縣汐止市大同路3段194號9樓之1培育文化收」

請貼郵票

2 2 1 - 0 3

台北縣汐止市大同路三段194號9樓之1

培育文化事業有限公司

編輯部　收

請沿此虛線對折貼郵票，以膠帶黏貼後寄回，謝謝！

為你開啟知識之殿堂